幻影都城IV

千年微塵

蝴蝶Seba◎著

〈推薦序〉

書中的角色，就活在你我身邊

余秀芷

有沒有一本書，是讓你揪著心，卻還是忍不住將它一口氣讀完？從自己還未出書前，從《靜學姊》開始認識蝴蝶，雖然僅只一次的見面，卻深刻記得她身影和歌聲中，所透出的一種神祕吸引力。

就如同在蝴蝶的文字中，讓人在狐仙與人類中，模糊了思緒，是人亦是仙，早已掩蓋在這段等待千年的愛戀中，似乎只要是真愛，一切都顯得那樣不重要了，即使結局是無奈。

蝴蝶的書，讓我揪著心閱讀，在闔上書的剎那，感動原來已滿溢在心中，然後在現實生活中，總會巧妙地發現到，書中的角色，就活在你我身邊呢，讓人錯覺身邊也充斥著貪婪、淒美，抑或是深情的天神或狐仙。

虛實之間，唯有感動是眞實而不虛假。

蝴蝶的《千年微塵》，推薦給每個需要被感動的眾生們。

（本文作者為《輪椅天使—45度角的風景，原來是那麼美》一書作家）

—楔子—

在一個夏夜裡，都城沒有預警地下了一場流星雨。

那是修仙大妖氣絕之際的強烈思念，化為微塵的碎裂魂魄……

在一個夏夜裡，都城沒有預警地下了一場流星雨。

只有短短的十秒鐘，卻令人屏息的哀傷而美麗。

極深藍的夜空沒有一絲雲，時值朔日，當然也沒有月。這一夜，整個都城都失去了電力，沒有光害的天空，無數劃空而過的流星，震撼燦爛得不似眞實。

這十秒鐘，所有眾生都驚異地抬頭，望著這壯觀的流星雨。

人類只被肉眼迷惑，但是妖魔仙神卻知道，那是修仙大妖氣絕之際的強烈思念，碎裂的魂魄化爲微塵，飛回自己心靈的家鄉。

尤其是妖異，比誰都明白。

這場化爲流星的魂魄微塵，卻在都城陰暗的角落引起血腥的爭奪。或有意、或無意得到微塵的眾生，陷入了慘酷的交戰中，互相殘殺、吞噬。他們狂熱地爭鬥，甚至忘記這都城擁有嚴厲的管理者。

深居簡出的管理者第一次主動出來維持秩序，她以夢境形態進入電腦的檔案夾中，帶領著軍隊蠻橫地透過網路線四處鎮壓，想要擁有微塵的眾生只有兩條路——

停止爭鬥而逃走，或是死。

千年修仙大妖的魂魄……何況是飛頭蠻的魂魄！擁有這粒微塵，就等於擁有大妖的種子，可以打通許多難關，可以順利度過天劫，擁有的微塵越多，就越可能成爲越厲害的角色……

誰能抗拒這種誘惑？

許多妄想對抗管理者的眾生，僥倖地認爲管理者從來沒什麼霹靂手段，頂多就是拘禁，卻沒想到她卻無情地處死吞噬者，奪走了微塵。

其他想擁有微塵的眾生，只能逃離都城，悄悄隱姓埋名，低調行事，希望不要引起管理者的注意。

她嚴厲到近乎殘暴的鎮壓之後，這場「流星雨之變」不到半個月就落幕了。

她困惑地看著收集來的碎片，有些不知道如何處理。

封天絕地之後，宛如國際大都市的都城，更是多事之秋，她不得不用這樣殘忍的手段鎮嚇在都城日益增多的各界過客，這樣才能一勞永逸。

但是這碎片是無辜的。禁錮在水晶瓶的魂魄碎片，閃閃的擁有高貴的妖氣和哀傷，摧毀這麼美麗的東西，是不道德的，不過要花時間替這些碎片製造堅固的結界防搶，又太麻煩。

直到水曜來訪，她暗暗地下了個決定。雖然她不是無所不知的，但是她可以得到一些珍貴的情報，她不希望在崇家將來的大難中，也犧牲了這個她還頗喜歡的修道者。

「水曜，既然妳一直覺得欠我恩情……」管理者懶懶地開口了，「那妳就替我去尋找這碎片的主人吧。」

她知道，水曜會一心一意去尋找，所以在崇家幾乎滅門的慘禍中，水曜可以一無所知的存活下來。

一個水晶瓶子的美麗微塵，改動的，卻不是一兩個人的人生。

─第一章─　春雨如泣的都城

君心定了定神，喝了口曼特寧，開始述說這幾年的經過，但明明是人類的君心，在敘事的時候，卻不自覺地使用「妖族」的溝通方式……

都城的梅雨季總是特別長。

他望著玻璃門外的微雨，朦朧朧的切割著玻璃上的寂寞，像是春天將去的泣訴，淅瀝瀝、淅瀝瀝，不斷地灑淚。

在無盡的雨聲中，都城分外的寂靜；行人像是連心情都溼透似的，伴著沙沙的水聲，打著傘，穿著雨衣，像廣大寂寞之洋的游魚。

沒有盡頭的雨，沒有盡頭的寂寞。狐影輕輕嘆了口氣，將養女狐火送去遠地念書後，他就常常嘆氣。

雨天，特別惆悵。

他飄忽的眼神突然有了焦距。眞奇怪，這樣的雨天，不想被寂寞侵襲的眾生，不太會來冷清的咖啡廳聽店主嘆氣的，居然還是個大人帶了小孩子，在這種雨天出來淋個溼透。

穿著黑雨衣的兩條人影，沉默地穿過雨幕，在門口遲疑了一會兒，然後推門進來。

是人類……吧？狐影有些迷惑。他知道人類的血緣異樣複雜，有些人類甚至會覺醒某些能力，帶著濃重的妖氣，但那是很少數的例外。

但是眼前這兩個「人」……妖氣這樣的稀薄，卻一點都不像人類。

雞尾酒。他突然有了這種不適當的聯想，像是混雜了無數的酒和果汁，分不出主調的雞尾酒。

他們推開玻璃門，走了進來，雨帽低垂，蓋著臉，雨滴在地上匯集成小小的水窪。

「歡迎光臨。」狐影站了起來，帶著職業性的微笑，「不用在意那些水，雨衣脫下來掛在牆那邊就好了……」他的話聲漸漸消失，微笑不見了，臉孔慘白了起來。

脫下雨衣的，居然是失蹤已久的君心……和殷曼。

這是他漫長的一生中，見過最淒慘的千年大妖，可能比死亡還淒慘吧……她幾乎什麼都不剩，不管是肉體還是靈魂，都被掠奪殆盡，只剩下一點點斷垣殘壁。

他看過君心的信，大概地揣想過，但是從沒想到是這樣的淒慘。她的法力當然是完蛋了，但是更慘的是，她像是把內臟都割了個乾乾淨淨，大腦也不知道切除了多少，切斷了四肢，只剩下呼吸和心跳。

「……這樣，真的算是活著嗎？」他非常驚心。

君心表情複雜地看著他，「……如果她是火兒呢？如果她是狐火呢？你也會說這樣的話嗎？」

「喂！」狐影的臉孔鐵青了，「別胡說！」他的心緊緊縮了起來，痛。

疲累的小殷曼抬頭看著他，有些困惑，「……狐影？」

居然還有記憶？殷曼沒他想像的那麼慘嗎？「殷曼，妳的記憶還在嗎？」他蹲下來看著恐怕只有十歲大的殷曼。

「只有一年。」她很累，非常非常累。「狐影，你的頭髮怎麼白這麼多？」

因為這幾年，充滿了焦慮痛苦和分離。即使他已經成為狐仙，卻還有著感情，這些負面情感讓他白了頭。

狐影閉上眼，把心酸逼了回去。「一年？爲什麼？不，先不問妳這些……妳需要休息，狐火的房間空著，妳要不要先去躺一下？」

她很想拒絕，但是吞嚥下去的微塵像是炭火，片斷的記憶滾燙地折磨她，還有微塵帶著的邪惡妖氣，讓她精疲力盡。

「……躺一下好了。」她難得溫馴地牽住狐影的手，連粉嫩的唇都雪白著，碰到床就睡著了。

狐影和君心無言相視了一會兒，相偕走出房間，君心有些焦躁地問：「狐影叔叔，這裡算是安全的嗎？」

「天帝可以拆了這裡。」狐影聳聳肩，「但他老人家幹嘛這麼做？」

君心放鬆地垂下肩膀，像是再也不堪重擔。

狐影領他到吧台，煮了杯曼特寧。「喝吧，你需要喝點熱的。」看君心垂著頭，一動也不動，覺得很不忍心，「放心，這是『普通』的曼特寧。」

君心被逗笑了，暫時放鬆了眉間的愁紋。

這孩子才幾歲？二十五了沒有？大概還沒，卻被折磨得心傷累累，像是七八十歲的滄桑老人。

「跟狐影叔叔說，」他這不太喜歡接近人的狐仙，握住了君心冰涼的手，「發生什麼事情了？狐影叔叔幫你拿主意。」

我，回家了。君心一陣鼻酸，忍不住哭了出來。

「狐影叔叔……」他哭了又哭，「我硬把小曼留下來是不是錯了？就算我把碎片都收集齊全，小曼還是只有一半……但是我根本不知道她的靈魂到底亡失了多少……我、我到處給人帶來麻煩，說不定也會給你帶來麻煩……我該怎麼辦？我不知道怎麼辦……」

他的確聽不懂，這樣雜亂的哭泣，他聽不懂，但是他感受到嚴重性。

「慢慢講，別急。」狐影走過去掛上「休息」的牌子，把在廚房忙著的上邪趕回家。「你喊我一聲叔叔，我這輩子都是你叔叔，有什麼天大地大的事情，叔叔陪你一起扛。」

君心定了定神，喝了口曼特寧，也把眼淚嚥下去。

他開始述說這幾年的經過，狐影聽得很專注。

而窗外無盡寂寞的春雨，依舊淅瀝瀝地哭泣著。

他的敘述很長，但是狐影卻很快地聽完。

說眞話，狐影不是不驚異的。明明是人類的君心，在敘事的時候，居然不自覺地使用了妖族的溝通方式。

或許他以爲他是用「說」的，但是大部分的時候，君心是用片段的語言，加上若干感應，「重現」當時的情景。這是眾生慣用的溝通方式，不是人類的。

人類只有非常例外的情形，例如雙胞胎才有辦法這樣收發訊息，但是除了血緣相當親密的這種例外，其他人只能倚賴語言。

眾生不太喜歡使用語言，因爲人類不知道，「語言」事實上是一種強烈的咒，束縛了別人也束縛了自己。人類使用語言實在氾濫到令人驚心，眞正了解語言威力的眾生，很清楚地了解寡言的必要。

眾生叔伯阿姨跟君心交談的時候，的確是使用了某些轉譯的妖術，好讓君心認爲他們是用「說」的。跟其他人類也是如此轉譯地溝通。

但是現在的君心，卻使用感應來溝通，比起這幾年的經歷，他更擔心前者。

「……千年微塵？我大概明白了。」狐影輕呼出一口氣，「我是聽說過，但沒想到殷曼的魂魄碎片飛到都城，當時我正在追蹤你們的行蹤……」所以他不在都城內。

「爲什麼是都城？」君心怎麼樣都想不透，「她大部分的魂魄飛散時，我根本抓不住，能留下的只有很小的一部分……」想到那時的絕望，他忍不住熱淚盈眶，「妖族不是沒有可供轉世的魂魄？爲什麼……」

「『大部分』的眾生不像人類有可供轉生的魂魄。」狐影糾正他，「但殷曼不是大部分的眾生。她的道行之高，若不是有魔障，說不定遠遠的超過我，她的缺點就是道行太高，境界太過超前……」

超前到化人之後，從內丹又孕育出另一個自己。

狐影覺得很淒然。能夠打敗殷曼的，居然不是任何仙神，而是失敗的化人之路。

「……是我害了她？」君心痛苦地抱住頭，「我好像做什麼都不對……如果她沒遇到我就好了……如果我不去找她就好了！如果我忘了她，她說不定還活著……還有機會成功……我逆天將她留下來，讓她多受苦楚！我害了小鎮無辜的鎮民，連好心載我們的大叔大嬸都遭殃……」

他不該搭便車的。離開小鎮的保護，他居然輕率地搭上普通人的便車！雖然竭盡全力保住了大家的命，但是大嬸的載卡多就這樣撞毀了。

那是他們謀生的唯一交通工具，就這樣成爲一團廢鐵。

能夠平安抵達都城，這根本就是奇蹟。他現在還想不通那台計程車是怎麼辦到的……救他們的，居然是個成鬼的計程車司機，和他的鬼車。

「這是緣分。好吧，孽緣也是一種緣分。」狐影長嘆一聲。就算是他們沒有重逢，誰也不知道殷曼有沒有辦法合而爲一。

最壞就是兩個自我自相殘殺，留下不完整的自己，或者是碎裂成更多破碎的自我。畢竟沒有例子可以參考。

「有地方買冥紙嗎？」君心平靜了些，「雖然胡伯伯說不用，但我還是想化一些感謝他。」

「冥紙？」狐影呆了呆，「你們搭鬼車來都城？」怎麼可能？那要有相當的能力才可以召喚鬼車。

君心看起來滿臉茫然，「我抱著小曼走很久，想喚邪劍出來守護時，似乎喊錯了咒語，我又累又倦，也不知道我唸了什麼……」

那輛計程車就這樣憑空出現了，出現在又寬又直、空無一人的深夜公路上。

「咦？」計程車司機打量了他好幾眼，「怎麼對？我的車不載活人。」然後消失了。

君心呆住，他知道他看到什麼……自從以妖修道以後，他的感應比以前強烈很多倍。

應該，沒有惡意……吧？他將熟睡的殷曼抱高點，默默地往前走。

結果鬼車又出現了。

「喂，少年郎。」司機似乎有些困擾，「我若不載你們，你們恐怕熬不到三里。」

……又追來了嗎？他恐懼地抱緊殷曼。

「這怎麼好？」司機發愁，「我的車對陽人不利，但是放你們去，恐怕會出人命；要不管你們，幾個孩子囉囉唆唆，我又禁不得吵。」

「我們，還算是陽人嗎？」君心充滿了痛苦的茫然。

「其實不是很算。」司機招了招手，「你們若信我，我載你們到都城附近，小鬼去那兒幫你們開路了，喏，這是她給你們的。」

他遞了出來，一枝帶著露水的茉莉花。

接過了那枝茉莉花，君心強烈的鼻酸。那個馥郁芳香的小鎮……古老的茉莉花。

君心抱著殷曼，進了鬼車，穿過光怪陸離、百鬼夜行的冥道，居然到了都城近郊。

老胡放他們下了車，「再過去我不能了。跟著花香走吧，願你們一路平安。」

「多少錢呢？」君心有點爲難。鬼計程車怎麼收費，他一點概念也沒有。

「新台幣我又不能收。」老胡搔了搔頭，「算了，麒麟也常叫我要做好事，當我積德好了。救人救到底，這兩件雨衣拿去吧。」揮了揮手，鬼計程車又消失無蹤。

只剩下稀薄的花香，在無盡暮春的雨中飄盪著。他幫殷曼穿上雨衣，自己也穿上，牽著她，循著花香，一步步走入都城的庇護。

聽完君心的奇遇，狐影安靜了很久。能夠役鬼的眾生並不多，老胡的鬼車都快變成某些留戀人間的眞人專用，尋常仙神還叫不出來哩。

君心，你……真的還是人類嗎？

他們暫時在狐影的咖啡廳住了下來。這裡可能是除了管理者那裡以外，都城最安全的地方。

殷曼待在這兒，似乎安定了許多，雖然她總是神情憂鬱地看著無窮無盡的雨，但是浮躁的驚慌失措，消失了不少。

雖然大部分的時候她都陷入嚴重熟睡中，君心常常害怕地探著她的呼吸，不過，她的確好多了……雖然依舊憂鬱。

只是有時候，她會突然驚醒，縮到床角，厲聲問：「你是誰?!」

這時候，君心就會非常傷心。「我是君心。」

殷曼要看很久，甚至要翻出殘缺兒童小曼的記憶，她才能確定，眼前的青年是她的小君心。

回來的只有一年的記憶，沒有之前，也沒有之後。她依舊混亂，她記憶中那個美麗如少女的小徒，幾時長大成人的？中間那段空白去了哪裡？

她可以推論，但是空白的部分像是龐大的黑洞，讓她恐懼而痛苦。爲什麼她的一切都不見了？君心告訴過她，她卻一點實感也沒有。

不肯走出房門，又不願意吃東西，她苦苦地追憶，想要把記憶要回來。當然，一切都是徒勞無功。

徒勞引起嚴重的沮喪，她甚至不讓君心跟她睡在一起，有時會暴怒地將他趕出去。

「妳這個樣子，小君心會很難過。」狐影無奈地看著殘缺的老友。

「我也很難過。」殷曼面著牆躺著，「我成了他無用的累贅，我眞的很難過。」

「只要妳還活著，他就很高興了。」

「我算活著嗎？」殷曼像是在耳語，「失去了一切，我眞的還活著嗎？」

「喂，妳是不是想讓君心更難過一點？」狐影有些不高興了，「難道他還不夠受？」

殷曼靜靜地流淚，不肯說話了。

「妳明知道他失去妳，別說成仙，連活下去的力氣都沒有。」狐影坐在她的床頭。

「……會這樣嗎？」殷曼的臉孔湧起困惑，「我不知道。」

這下子，換狐影很難過了。「妳知道我是誰？」

滿臉淚痕的殷曼轉過身，定定望著狐影魅麗的臉孔。「你是狐影，剛走出去的是長大的君心，我是飛頭蠻殷曼。」她深深地感覺悲哀，「但我不知道是怎麼認識你的。我們是老朋友，但我不記得是怎麼變成朋友的……」她湧起傷痛，「我只有一年的記憶，像是站在『這一年』的孤島上。」

沒有之前，也沒有之後。

「記憶是寫在魂魄裡的。」狐影滿眼憂鬱，「不要想了，妳想不起來的。」

「失去了那些記憶的魂魄，我還是殷曼嗎？」她閉上眼睛，眼淚從緊閉的眼滑落臉頰。

「對我來說，妳是。」狐影瞅了她一會兒，「對君心來說，哪怕妳只剩下一根手指，妳還是殷曼。」

她淒慘地哭了起來，狐影勸了很久，她才喝下狐影調的藥。

看她睡去，狐影沉重地走出房間，君心坐在門外，滿眼悽楚。「她不生氣了嗎？」

「她不是生你的氣。」狐影不知道怎麼解釋，「她氣自己比較多。」

「這樣做，不對嗎？」君心深深地沮喪，「想把她的魂魄碎片收集全是錯的嗎？這只會讓她更混亂嗎？」

收集起來?!狐影像是在黑暗中看到一絲微光。

「你本來打算這樣做？」狐影面對著君心盤坐起來。

「嗯。」君心疲憊地抹抹臉，「就算不能恢復完全，但是最少可以找回大部分的記憶……」

「這說不定是個好主意。」狐影嚴肅地說。

「但是，」君心頹下頭，「一顆只有一年的微塵，就已經讓她這麼痛苦，不斷陷入昏睡與高燒，她熬得住嗎？七零八落沒有系統的記憶，只會讓她更難受不是嗎？還有邪氣……我已經盡可能地卻除了，她的身體卻……」

昏睡，不斷地滾著高燒。這比割碎他還令他難受。

「她雖然失去一切，但她有點薄弱的人類修道基礎。」狐影聳聳肩，「現在難受是一定的，等她熬過去，就可以更上一層樓。雖然這樣的修道法沒人走過，但是原則上是差不多的。」

「我不想看她難受。」

「但她有可能修復到足以修仙。」狐影定定地望著君心，「好吧，沒有前例可循。但還有比現在更壞的情形嗎？這是拼圖沒錯，一開始拼圖是最困難的，又不知道到這塊碎片到底是在什麼位置上，但是只要熬過去，合得上的碎片越多，就會越完整，拼得越快。」

「她受不了這種折磨的！」

「你最好注意你的口氣。」狐影警告他，「你知道你在談論的是誰？是可以打敗鬥戰狐王的大妖殷曼，修煉千年的天才飛頭蠻，她熬過更多你不知道的苦楚，吃過你不能想像的苦頭。她可不是躲避雷災那種，而是親手打敗雷神老大的偉大妖族。她就算只剩下一點殘渣，只要她願意，她可以輕鬆的撂倒我。」

狐影點著君心的胸口，「是，她現在很低落，但是她表現得很堅強了。你這徒兒都對她沒信心了，誰還能給她信心？你不要忘記你現在還活著，是當初她渡過一口妖氣給你，你還可以從妖修道，就是這口最初的妖氣！你怎麼可以這樣看扁她？還是你其實是高興的，因為她越弱就越不會離開你？」

「你胡說！」君心漲紅了臉，怒吼了出來。

「既然認為我是胡說，」狐影微笑，「那就照著你的初心走，我不可能庇護你一輩子。」

對。殷曼的魂魄碎片，不能希望狐影幫他，這是他的責任。

「我不想牽累無辜的人。」君心的目光軟弱下來，「但我好像無法避免。」

狐影悄悄鬆了口氣。君心要先振作起來，才能讓殷曼也跟著振作起來。他們的牽絆是這麼深。

「這我可以教你。」狐影的語氣轉溫和，「只要你要踏出那一步，我會把我所知道的一切都教你。」

第二章　回家

她記得這位在十四樓的斗室。她在這裡潛修、冥想，敲打著現代化的電腦，出賣眾生諸友；不耐煩地穿上假身出門繳房租、電費、管理費。

她也在這裡，開始照顧小君心……

靠著狐影的靈藥和一點稀薄的修道基礎，殷曼熬過了昏睡高燒的一個禮拜。

被污染的微塵淨化了，融入了她的靈魂中。

「君心去哪裡了？」她抬起稚氣的臉，卻有著憂悒的過度早熟。

狐影頓了一下，若無其事的端起藥湯，「他杵在這兒惹妳心煩，我遣他去上點課了。」

「上課？」殷曼狐疑地接過藥湯，「什麼課會上得一身是傷？」

「妳又沒看到。」狐影將臉別開。

「我聞得到他身上的血腥味。」殷曼皺起眉，卻不是因爲藥湯殺人似的苦。

狐影搔了搔頭。他就知道，殷曼就算只剩下斷垣殘壁，也是很厲害的。「好啦，我遣君心去『青丘之國』，和玉郎學點拳腳功夫。」

情敵相見，分外眼紅。他相信玉郎會很「用力」地「教導」。

殷曼出現迷惘的神情，「玉郎？玉郎……？」

她僅有的一年記憶裡，玉郎沒有出現。要是讓老弟知道殷曼把他忘得乾乾淨淨，不知道會不會悲憤過度，錯手宰了君心？希望他不知道。

「狐玉郎。」殷曼輕輕唸著，「他送過我一根如意法杖，我在小封陣裡翻到過……」

「嗯，就是他，他是我的老弟。追妳很久很久，妳也打敗他無數次。」狐影對她鼓勵地笑笑，「妳看，雖然只有一年的記憶，但是所有的記憶都有關聯性。沒有人是什麼都記得的，即使是天帝也會遺忘。」

殷曼瞅著他，細細咀嚼他說的話。

「就算得到的不是全部的記憶，但是不要忘記關聯性和替代性。妳需要什麼都記得嗎？不需要吧。妳只要有幾個點，可以串起來，眾生都是很堅韌的。妳瞧，脆弱的人類失去雙手還是可以洗臉吃飯寫字工作，只要還活著，殘缺也可以適應和完整。」

殷曼發笑，「沒手怎麼寫字？你唬我？」

「我沒唬妳。」狐影拍拍她，「沒有手，用腳代替，不然就用嘴巴銜筆。真的有這些人類，相信我，甚至有些人類有精神疾病，卻活潑快樂地活過正常的一生。生物是很微妙的。」

殷曼眞正地笑了。「狐影，你眞的好像醫生。」

她連這個都忘記了，不過，沒關係。「我是九尾狐的王族，以族爲姓。」狐影很有耐性地說明，「狐家最擅長金丹和治療。」

殷曼呆呆地想了一會兒。「似乎是這樣。你好像還可以癒合天地間的裂痕。」

瞧！一切都是有關聯性的！

「沒錯。」狐影給了她鼓勵的一笑，「一年的回憶，可不是一年而已。」

殷曼覺得，似乎不是那麼絕望了。

他們在狐影那兒休養了一個多月，殷曼堅持要搬回家。

家？哪還有什麼家呢……經過了這麼長遠的時間，殷曼在都城的舊居處不知道易手幾次，怎麼還會有什麼家？

但是狐影卻把鑰匙拿出來給君心。

「啊？」這是什麼地方的鑰匙？

「殷曼跟我交代過『後事』。」眞的差點成了後事，「她數百年的積蓄都在我這兒，央我尋機會買下她租賃的居處。只是我不懂，買這樣破舊又什麼都沒有的大樓做什麼？」

狐影不懂，但是君心懂。

破舊的大樓可能什麼都沒有，卻是他和殷曼最初相依的地方。帶著小殷曼回到這棟大樓，非常老非常老的管理員，依舊在櫃台後面打瞌睡，電梯還是慢，時時會劇烈地顫抖。

到了十四樓，殷曼眼中有著強烈的情感，看著她記憶中最鮮明的斗室。

她也只記得這裡。她在這裡潛修、冥想，敲打著現代化的電腦，出賣眾生諸友；不耐煩地穿上假身出門繳房租、電費、管理費。

她也在這裡，開始照顧小君心。剛開始的時候覺得多麼煩、多麼困擾，但是這樣一個異族病兒，她放不下。

尤其是他這樣乖巧聽話，她還記得，個子很小的君心，吃力地扛著吸塵器每天來打掃的樣子，然後，一天天的長大、茁壯。

人類的孩子長得多麼快……她懷著一種驚異和惆悵的感覺，看著小小的君心。她的族民早已散盡，她不敢奢望會有自己的孩子，最少也讓她看看族民的孩子。

誰會想到，她在異鄉，照顧並且愛著異族的孩子？

後來呢？

記憶消失在黑暗的盡頭，除了這一年，沒有以後。只有欲淚的情緒蔓延，對君心複雜而強烈的情感，和殘缺小曼的記憶。

她踏入自己的「家」。

地上積著厚厚的灰塵，什麼都沒有。不過，她的家本來就什麼都沒有。

「我想要桌子，還需要我的電腦。」她喃喃著。

「嗯，好，我去處理。」君心溫和地回答。

她拉開落地窗，看著自己小小的陽台。那一年，她天天在這裡看著日出潛修，小君心也在她身邊，一起面對朝陽修煉。

「我們回家了。」這段的焦躁終於沉澱了下來，她面對著君心，微微笑著。是，我們終於回家了。君心撫著她柔細的頭髮，只覺得陣陣鼻酸。

像是在放很長的暑假，即使是車水馬龍的都城，也有著拉長聲音的蟬鳴。

每天君心都經過幻影咖啡廳的路徑，到青丘之國找狐玉郎較量——當然是被修理得鼻青臉腫，狐影一面幫他療傷，一面教導他關於醫療的常識，甚至找來最好的結界老師。

他可能是第一個師承九尾狐妖術的人類。

有「鬥戰狐王」美名的玉郎「很認眞」地教導他各式各樣的體術和兵器——他是眞的很認眞地修理君心；狐影則是把專精的療癒術教給他，甚至大方地讓他閱讀狐家的祕籍——其實只有狐王才有權觀看，但是不成材的玉郎只喜歡打架，放著長霉也是白放著長霉。

隱居在人間，結界祕法獨步三界的管家傳人管九娘，在繁忙的編輯工作之餘，萬般無奈地來傳授他如何使用結界。

「你知不知道我很忙？」管九娘沒好氣地說，「我手上還有五本書在壓陣！我的狐爺，你饒了我行不行？這人類的小鬼笨得出奇，我哪來的閒工夫慢慢開導他？乾脆我錄成簡冊給他自修行不行？饒了我這可憐的婦道人家吧～～」

「行，當然行。」狐影氣定神閒地道，「雷恩脖子上圍著的護身符還給我，隨便妳愛不愛教他。」

管九娘氣得俏臉泛霞。她讓雷神雷恩劈雷劈了兩千多年，被他纏得痛不欲生，但是這笨蛋為了她，被貶下凡不說，連命都豁得出去，頭都捨得割下來，這恩怨愛憎，實在難以論定。

現在雷恩可以在人間快樂地當他的偶像明星，端賴狐影的護身符圍著脖子，不然腦袋隨時會掉下來。這該死的狐仙，居然拿這個來威脅她！

「你這是趁人之危！」九娘非常痛心疾首，「我們不是朋友？你明知道我忙個賊死……」

「如果那個護身符圍在妳脖子上，我一定不會收回來。」狐影非常鄭重地聲明，「但那個笨腦袋的雷恩又不是我的誰。」他邪惡地補上一腳，「如果那笨雷神是我朋友的老公，那當然是另當別論。」

「行了行了！」九娘跳起來，妖豔的臉孔充滿恐懼。嫁給那個笨腦袋的雷神？饒了她吧～～「行了！我知道了，我教就是了！」她轉頭對著君心兇，「你到底要摸到幾時？就只是在水裡圍出個結界這麼困難……」

她話還沒說完，滿頭大汗的君心把實習用的水族箱炸了個粉碎，在場的每一個人都溼淋淋的。

「……」九娘沒好氣地吐出嘴裡的水，「我從沒見過這麼沒天分的小鬼！」她勃然大怒，「給我回去好好練習！天啊～～我本本分分在人間生活，有正當職業，所得稅燃料稅房屋稅萬萬稅什麼我沒繳到？我是造了什麼孽得來教你這笨蛋——」

悶聲拖著地板的狐影有些頭痛。真奇怪，攻擊性的法術君心極強，他老弟雖然嘴硬，聽說也吃了君心幾記悶虧；教君心療癒，他卻學得很慢，下毒倒是一點就通。

並不是說君心個性上有什麼陰暗處，只是每個人都有專長，他的專長剛好是攻擊而已。

但是這樣把他放出去，跟放了個炸彈出去有什麼兩樣？他不由得越來越擔心了。

君心苦著臉回家練習，翻揀著小封陣追憶的殷曼抬起頭，「唔？不開心什麼？」

她已經恢復了部分殷曼的性格，變得沉穩許多，不再是那個殘缺不堪的孩童，雖然還是常常陷入茫然的沉思。

但她已經找回了部分的自我。

「哎，我不知道結界這麼難……」之前水曜教過他一些，但是水曜的結界在九尾狐族面前，像是小孩子的玩具。

「結界，很難麼？」殷曼隨口問著。

君心搔搔頭。他聽得懂九娘的所有口訣、手訣，但是執行起來，完全不是那麼回事。

殷曼傾聽了一會兒，不太有把握地第一次執行了妖術結界，「像這樣？」

君心瞠目看著水族箱裡漂浮著的完美結界。「小曼姐，妳學過？」

「學？」殷曼有些困惑，「這需要學嗎？我還以爲更困難一些，比方說結界要附帶屬性什麼的……」

他有點了解，爲什麼殷曼修行千年而已，卻備受其他強大妖族敬重。看過一遍就會了……她是不世出的妖術天才。

他試著在水族箱造出相同的結界，結果再次炸了水族箱，被弄得滿身水的殷曼笑個不停，「我懂了……你這麼用力做什麼？這是在結界，不是在拚命。」

「啊？我覺得我已經盡量控制了……」君心有些沮喪。

「爲什麼要控制？」殷曼反問，「結界的用意是什麼？不就是要保護結界內的人或物不受傷害？不管是妖術還是法術，都該從『初心』作爲出發點。」

初心？管九娘說過類似的話。但是手忙腳亂之下，他根本來不及細想。

殷曼倒了一杯水，「再試試看。」

一杯水？那麼大的水族箱他都結不出來，一杯水？

「你這樣想好了，」殷曼鼓勵他，「你要在這結界裡，保護你最珍貴的東西。」最珍貴嗎……比方說，殷曼的微塵？如果這杯水裡有殷曼的微塵，他要結個結界保護……

他辦到了。精巧只有指端大小的結界，在透明的水裡漂蕩著。

辦是辦到了，但結界，真的不是這孩子的專長。殷曼默想著，這結界很脆弱，和她造出來的天差地遠，但是，一個人類能結出這樣的結界，已經足以自保，再說，君心修煉還只有初成而已。

她還剩下多少妖力？殷曼有些傷心。她的妖力幾乎都失去了，薄弱的法力基礎，還是在東部歸隱時，由一個什麼都不懂的人類小女孩教導的。

但是她可以學。她很快地恢復過來。相同的口訣、手訣，但是她可以用這樣稀薄的法力，結出別人修煉再久也做不出來的完美結界。

「還學了些什麼呢？」殷曼高興了一點，「都告訴我吧。」

眞奇怪。狐影看著正在用功的君心，心裡起了點驚異的感覺。

昨天教他的時候還很笨拙，睡過一覺就開竅了？囿於天分，他的確沒辦法到達完美的境界，但是一個人類能夠到這種地步，已經很過得去了。

當然他也不是不擔心的。在天孫肆虐之後，君心的元嬰消散得一點痕跡都沒有，只剩下幾乎不會動的內丹，這孩子……卻用這樣的基礎，以妖入道。

君心從來沒有經過正常人類修道的路途，狐影多少有些不安。人類，卻用妖族的方法在修道，眞的行得通麼？

內觀過幾次，發現君心的內丹居然有小成，他不知道該笑還是該哭。不過他盡量調出最好的藥，讓君心的修煉更順利。

其實，這該是給妖族吃的藥，但是君心居然一點不適應都沒有地融合了進去。

「你給我混！你還給我混！」玉郎憑空出現，指著君心大罵，「老子等你等了老半天，你在這兒給我蘑菇?!這年頭，徒弟的架子大如天啦？」

「還有一刻鐘他才該去你那兒，老弟。」狐影戒備起來，「我告訴你，這屋頂我才修過的，你別在這兒給我動手動腳！放輕點，放輕點！開通道就開通道……」

話還沒說完，玉郎已經用蠻力炸開了通道，把還在磨藥的君心架走了，玉郎使用蠻力的結果……就是屋頂又坍了一角下來，坐在底下的客人灰頭土臉，手上的咖啡滿是灰泥。

「別又炸了我的店啊……」狐影頹下雙肩。

早知道這個老弟沒事就會炸了他的店，早在他出生的時候就該把他扔進馬桶裡淹死。

「誰會幫我修啊……」

他望著屋頂破洞外的晴空欲哭無淚。

他求助地看看上邪，那隻大妖主廚非常有氣勢地摔著麵團，讓狐影把話吞了下去。

大家都比我大、比我有脾氣。他哀怨地想，看起來只能等君心回來修理了……

他無言拿了把沙灘傘，撐在屋頂破洞下的桌子旁邊。「我幫你換杯咖啡。」他拿走了遭受池魚之殃的倒楣熟客的咖啡杯。

「我能不能換個位子？」熟客吐出嘴裡的沙。

「等等他回來的時候，說不定會從你換過的位子冒出來。」狐影埋首煮咖啡，然後那個無良老弟可能又會炸了另一角的屋頂。

熟客考慮了好一會兒，無奈地看著沙灘傘，評估同樣的地方坍方兩次的可能性——坍方過的地方比較安全。

「我在這裡就好了，謝謝。」他抹了抹自己的臉，很自動地擦了擦桌子。

咖啡廳裡的客人們互相望望，拿起自己的杯子，盡量換到沙灘傘附近。

他們也認爲，坍方過的地方，的確比較安全。

撇開互相看不順眼的因素，其實君心最喜歡跟玉郎學藝。

他原本就是個過分認真的人，強烈的責任感更讓他精於攻擊而不是防禦，玉郎直截了當的攻擊體術和妖術很合他的胃口。

但是跟玉郎習藝絕對是要命的事情。

而，玉郎雖然不承認，但他的確喜歡君心這個徒弟兼對手。說不定可以培育出可以打架打不完的對手——這點讓他大為振奮，所以狐影試探性地詢問他時，他一口就答應下來。

他可沒有忘記那個人類小鬼。在道行那麼低微的時候，居然可以妖化，從他的手裡奪回邪劍。

與其說是恥辱，還不如說是一種棋逢對手的興奮。

所以他盡量克制，不至於一出手就要了君心的命。他雖然出身王族狐家，對療癒真的是半撇也沒有。

這一天，他很開心地把君心修理得金光閃閃，奇慘無比，但這死小鬼居然有辦法還他一拳，打得他有點疼。

不錯不錯。

「喂，還站得起來嗎？」他趾高氣昂地踢了踢君心。

君心搖搖欲墜地站起來，擺出架式。

「下課了。」玉郎坐了下來，「今天上到這裡就好。」他扔了罐水給君心，自己仰頭灌著葡萄酒。

結束了？君心氣喘不休地頹坐下來，全身上下無一處不痛，大大小小上百個傷口。他凝神靜氣，喚出聖劍一面療癒，一面磨練聖劍。

「嘖，眞的變成廢鐵了？」玉郎有些可惜。

人類打造飛劍的技術的確高超，當初他見過七把飛劍，心裡頗爲讚歎，沒想到天孫那個死變態明明被拘禁，居然趁天劫日附身在羅煞身上，毀了這七把好劍。

「我會鍛煉回來的。」另外打造當然比較快。小封陣裡頭的簡冊有提到如何打造飛劍，材料雖然麻煩，但不是弄不到。

不過他不要。他依舊寶愛這七把失去靈性、形同廢鐵的飛劍，他既然重新拾回修煉，他就要跟這七把飛劍共修。這些飛劍陪他走過多少艱辛的旅程，而且，這七把飛劍是殷曼給他的。

是他最初也會是最後的兵器。

「給我看看。」玉郎伸出手。

君心遲疑了一下，把七把飛劍喚出來給他。玉郎看一把就搖頭一次，「全完蛋了，你怎麼鍛煉也不能夠恢復到最初的水準，尤其是你想用飛頭蠻的妖氣煉出來，那跟緣木求魚有什麼兩樣？我看你還是使用靈槍吧，最少你用靈槍還有點看頭。」

「靈槍只能攻擊，飛劍是我護體用的。」他承認對於防禦實在很不擅長，幾乎都是靠飛劍保護，忽地靈光一閃，他問：「飛頭蠻的妖氣不能，那什麼樣的妖氣可以？」

玉郎嘿嘿笑了幾聲，「天火大概可以。但是狐火到了極致，可完全不輸天火喔……」看到這幾把報廢的飛劍，他湧起了興致，「小子，我幫你鍛煉好了。」

「不要。」他很直接地拒絕了，「你不如把狐火借給我。」

頑固的小東西，這點倒是跟殷曼一模一樣。「借來的有什麼用？你敢試嗎？反正你已經學了九尾狐族的種種妖術，若我渡你一口妖氣，你敢混著飛頭蠻的妖氣修煉嗎？說不定你會有屬於你自己的狐火。」

「爲什麼不敢？」君心有點茫然。他最初修道是道妖雙修，一點障礙也沒有，完全沒想過這不合修道正途。不過，當他想到殷曼渡他妖氣的情景……「但是我不要你吻我。」

「爲什麼我要吻你這渾小子？」玉郎巴了他的腦袋，「你敢要，我就渡你一點妖氣吧。」

玉郎向來是魯莽直接的，說幹就幹，馬上雙手結起手印，將一點狐火打進君心的印堂。

剛接觸時清冷如冰，但是一沒入印堂，那點火苗，馬上把君心拖入了高溫的地獄中。

第三章　師承九尾狐妖術的第一人

君心的內丹摻了飛頭蠻的妖氣、九尾狐的狐火，還混了一點點上邪的妖雷當黏合劑，精采得好像撒尿牛丸……

玉郎氣急敗壞地拖著高燒昏迷的君心回來時，狐影跳了起來，卻不是因爲屋頂又塌了一角。

「你幹了什麼好事啊——」狐影快氣昏了，「你把他當啥?!妖氣亂灌一通，他不是雞尾酒啊——」

「我怎麼知道他這麼脆弱？」玉郎爭辯著，「我看他讓我胡打海摔也沒事啊！怎麼知道一點點狐火就差點把他燒死了……」

狐影一探君心的脈息，必須非常克制，才能夠忍住打爆老弟笨腦袋的衝動。

「這是一點點狐火嗎?!」

「本來是只有一點點。」玉郎承認，「看他昏過去了，我想急救，結果不小心又送了更多狐火……我也損失了一兩年的道行欸！」

你到底是要救他還是要殺他？

「你眞是狐家的人嗎？你眞的是嗎？」狐影指端放出中和的寒氣，試著將幾乎要燃燒的君心冷卻下來，「我『醫天手』狐家有這種庸醫嗎?!」

在廚房揉麵團的上邪把麵團摔在鐵盤上，走過來看了兩眼。「庸醫大概是遺傳的。」他沒好氣地瞪著手忙腳亂的兩兄弟，「冷卻管屁用喔？他是經脈塞住了，你不疏理經脈，用寒氣逼住，想讓他中熱衰竭？兩個白癡……」

他咕噥著，像揉麵團一樣替君心按摩了一會兒，誘導亂竄的狐火歸於內丹，疏理氣海通道，不一會兒，君心甦醒了過來，咳出一口淤血。

「死不了啦。」上邪不耐煩地將君心一扔，「白癡頭家跟白癡狐王。」回到廚房繼續埋首做點心。

狐影寧定下來，抹了抹額頭的汗。「三千六百歲果然不是白活的。」一內觀，他不禁有點發愁。上邪的確頗有見識，居然將這樣的混雜疏理得整整齊齊，但是三千六百歲的大妖，妖氣就算不如殷曼，也非同小可。

這下君心的內丹可就精采了。飛頭蠻的妖氣、九尾狐的狐火，還混了一點點上邪的妖雷當黏合劑。

這……他起了荒謬的感覺。吵什麼吵？統統摻在一起……

「君心的內丹又不是撒尿牛丸。」他真的是欲哭無淚，「不過好像快差不多了。」

不知道殷曼知道會怎樣？狐影長長嘆了口氣。雖然君心再三保證他沒有事，狐影還是忍不住發愁。

當然啦，殷曼變成現在這個樣子，也不用怕她來拆了咖啡廳，或是把玉郎打入地下三尺，但是長年的恐懼是沒有道理的。

不過，他忘記了，君心會弄到道妖雙修，體質混亂到什麼都有，這個天才大妖是始作俑者。

殷曼天分非常高，但是她又沒有自覺，很心平氣和地將所有眾生包括人類都看得跟自己一樣。

沒有成見的結果，她既然博學旁收，無所不精，那君心道妖雙修自然沒有什麼不可以。

其實這才是大大的不可以……

所以，君心暈頭脹腦地回家，張開嘴還有小小的青火冒出來，她並沒有說什麼，反而遺憾這種方法不適用於她，她只能耐著性子，照著自己錄下的簡冊，開始築基的工作。

過去的殷曼一直不會人類修仙者使用的玉簡，畢竟這屬於獨門獨傳，祕而不宣，使用的人更少；但是她別開蹊徑，居然用小小的光碟片來轉錄道門知識，這就不是旁人能做到的。

雖然現在殘缺的她無法錄製，但是擁有那一年的記憶像是擁有了一把寶貴的鑰匙：她能夠閱讀簡冊。

只是她在閱讀的時候，是這樣的驚異。

這真的是我做的？是我親手將這些古老的知識和智慧寫得這樣深入又簡明？

相對於現在的柔弱無知，她是多麼的難過、充滿無力感。眼前的自己，卻得向過去的自己請益。

但是她很快就平靜了下來。她能夠花費千年從最艱難的日光修煉起手，眼前這一點點障礙，根本不算什麼。

她不知道有沒有機會將失去的魂魄找回來……但是她可以學。只要還活著，她就可以學，就算找不回來，她還是可以彌補自己的不足。

她用功的、專注的埋首在典籍中，不疾不徐地開始了築基的艱鉅工程。

在她虔心苦修的同時，君心更像海綿一樣，貪婪地吸收九尾狐族教導給他的一切。

「教你的這些，」狐影有意無意地問，「你也跟殷曼說過了？她畢竟是你的師父，請益旁門是該跟她說一聲的。」

君心正在分辨藥材和礦石，有些茫然地抬頭。他不知道豁達的狐影會介意這個呢，小曼姐是從來不介意這些，他不知道嗎？「說過的。她學得比我快很多，即使第一次聽到，她反而可以指出我的盲點。」

「這樣麼？」狐影放心下來，「那就好。」

他了解殷曼。她雖然淡漠安靜，不與人爭，但是她本質上的驕傲，不管損失了多少魂魄和道行，這驕傲都不曾離開過她。

遇到再大的困難，她也不會開口求助的，就算狐影主動要教她，她也不會要。

讓君心來這兒學習，已經是她最大的讓步。

不過，她不會忍心讓君心孤獨地摸索，即使她連這一年的記憶都沒有，她也會想辦法學會，教給君心。她對君心就是這樣的溺愛，雖然從來不曾承認過。

但狐影，是很不安的。

他曾跟管理者請教過，也調查了幾年前「流星雨之變」的來龍去脈。他發現，微塵的宿主之所以會潛伏這些年才開始尋找源頭，乃是由於微塵的獨特和無法馴服。

殷曼靈魂的碎片並不是什麼乖巧的式神或金丹妙藥。即使只有一顆，也必須要花費數年的時間加以污染、消化，才能爲宿主所用。

微塵被污染得越深，將來就要花更多精力和時間加以淨化，最壞的情況就是，被污染到不可回復的境地，成爲宿主強大和邪惡的根源。

日子拖得越久，這種可能性就越高。

但是他不敢這樣把君心放出都城，他還不敢。

君心的能力非常不穩定。他被摧毀得非常徹底……並不是只有元嬰而已，那場大劫也摧毀了他大部分的自制、破壞他與生俱來豐沛氣海的屛障。

或許他對君心更爲不安，這孩子萬一失去了殷曼，或是有可能失去殷曼……不只是會毀滅他自己，不知道有多少無辜生靈要跟著陪葬。

要玉郎教他體術和兵器，就是不希望他以妖化爲攻擊手段；逼管九娘教他結界——他知道君心對這個很沒天分，但他不是要君心成爲結界專家，而是希望他能夠了解結界眞正的心：自制。

他希望，他的這番苦意，可以讓君心未來的旅途順遂一點。

這些年的悲哀和眼淚已經太多了，最少他希望君心和殷曼，可以平安幸福。雖然他也知道，這是不可能的希望。

這個時候，狐影還沒有想到，君心會用那樣奇特的方式脫離他的庇護。

自從君心和殷曼歸來，原本冷清的咖啡廳也跟著熱鬧起來。狐影雖然想不透，但是蹲在廚房做點心的上邪倒是看得很明白。

自從火兒去留學以後，他的頭家像是泄了氣的皮球，成天長吁短嘆，這還不是最糟糕的，更更糟糕的是，他在這樣恍惚又心不在焉的情形下，常常把「普通」和「不普通」的飲料弄混。

熟客們幾次緊急送醫後，決定等狐影心情好點再上門。不然讓他繼續心不在焉下去，不知道哪天會直接送殯儀館，連醫院的太平間都免送了。

少了這個常去的地方很不習慣，但是連白開水和王者之水（好到幾乎是劇毒的金丹妙藥）都可以搞錯，他們實在很不想用生命來開玩笑。

結果君心回來都城，狐影突然振作起來，消息靈通的熟客試圖上門，發現狐影神清氣爽，「普通」的咖啡變得如許美味，他們放心的打電話、E-mail、敲msn，呼朋引伴回來擺龍門陣。

窮到連冷氣都裝不起的婚姻司諸花神，當然天天來這兒吹冷氣。

「花神吹什麼冷氣？」狐影瞪了這兩個花神一眼。

「台灣的夏天……尤其是都城的夏天，」樊石榴將嘴裡的冰淇淋吞下去，「不吹冷氣可以活誰啊？」

「火蜥蜴？」高翦梨笑了起來。

「火蜥蜴哪裡惹了妳？」在冷氣最強的那桌看書的紅髮男子叫了起來，「火蜥蜴就不能吹冷氣？這裡可是都城的夏天啊！」

兩個花神一起翻了白眼，這年頭的火蜥蜴越來越沒用，竟躲在咖啡廳吹冷氣！

「妳們又好到哪兒去啊！」狐影很痛心地指責她們，「堂堂花神就該在陽光下進行光合作用，躲在冷氣房裡……」

「頭家！」上邪在廚房叫，「我跟你說鮮奶油要沒有了，你幾時要去補啊？下午的午茶點心怎麼做？你說啊——」

狐影膽怯地看了看宛如火爐的驕陽。

「君心，你去幫我買鮮奶油吧。」

眾人鄙夷的目光一起射過來，讓他有點下不了台。「……我是寒帶的妖族，怕夏天是正常的嘛。」

這些妖怪的理由眞多。君心拿了錢，在欽佩的目光中，走入夏日正午的陽光下。

是很熱，但也沒熱到非躲在冷氣房不可。君心默默想著，這些妖族眞的越來越嬌生慣養，難怪越來越沒有妖怪修煉。

買了鮮奶油，他熟練地橫渡十字路口，進到複雜結界的巷弄，意外地看到一個女人駐足在幻影咖啡廳門口。

偶爾也會有這樣誤闖的人類。他雖然驚訝，但也不算太意外，笑了笑，開了玻璃門，那女子也對他笑笑，跟他一起走進來。

「我怎麼不知道附近有這家咖啡廳？」她穿著打扮完全就是個上班族，還是主管級的上班族，衣飾矜貴而低調，掛著有些疲憊卻溫和的笑。「我要一杯漂浮冰咖啡。」

但是正在吃冰淇淋的樊石榴卻差點嗆死。

「琳茵？」她瞪大眼睛，「妳怎麼……？」

「啊，真巧啊。」喚作琳茵的人類女子滿眼驚喜，「好些年不見了，妳好嗎？高小姐也在？」她顯得很開心，「當年真是麻煩妳們了……」

「沒幫上妳的忙，真的很抱歉。」樊石榴瞪著她的結婚戒指，「妳結婚了？」語氣是那樣的不可置信。

「是呀。」她滿臉幸福的舉起手，含蓄而華貴的鑽戒閃閃發光，「上個月結婚的。」

這怎麼可能？

樊石榴和高翦梨相視一眼，看到彼此的狐疑和驚訝。

寒暄過後，琳茵喝完了飲料，盛讚漂浮冰咖啡的美味，付了錢後就離開了。

她走了以後，兩個花神沉默了很久，然後，樊石榴開口了：「這根本是不可能的事情。」

「太沒有道理了。」高翦梨也叫了起來。

「什麼？」君心被搞糊塗。

「那個女人……那個人類女人，根本不可能結婚啊！」樊石榴斬釘截鐵地道，「五年前，她找過我們婚姻介紹所，但即使是婚姻司的我們，也愛莫能助。」

爲什麼？

「她背負著單身的厄運。」高翦梨有些困擾，這實在很難用言語說明，「她擁有稀有的缺陷：她與任何人，都沒有緣分。」

朱琳茵，出生在政經豪門之中。她的缺陷一開始誰也沒有發現，畢竟在這樣的家庭裡，本來就誰跟誰都沒有緣分。她的父母像是花蝴蝶一樣在事業和豪宴之間穿梭，她一直都是保母照顧的。

保母來來去去，總是做不長，她也很習慣讓陌生人照顧。等她上學了，功課優異，但是跟誰都沒有成爲朋友。這也很正常，畢竟在課業至上的學校中，人際關係不佳不算什麼大事。

或許是從小就在這種環境裡長大，她並不知道有什麼問題，直到她到了適婚年齡，即使她的身世、長相、財富都擁有最佳的條件，但是她的婚事都談不成。和別人沒有交集沒什麼關係，但是她想要有自己的家庭，而且她們這樣的世家女子嫁不出去，有損長輩的顏面。

百般無奈下，她意外得到一張傳單，抱著姑且一試的心情，她去了「幻影婚姻介紹所」。

當然是沒有結果。但是意外的，她卻開始喜歡婚姻介紹所的小姐們，頭次有了可以談心事、喝咖啡的朋友。

只是相聚是這樣的短。家族企業的國外公司出了狀況，她臨危受命，得馬上出國，她和這兩個朋友就斷了音訊。

這時候，她才開始有些懷疑，是不是和誰都沒有緣分。

「眾生之間，不管是惡緣善緣，都注定會有交集。」高翦梨解釋著，「甚至『絕情』也是一種緣分，但是她什麼都沒有，不會有人喜歡她，但也沒有人討厭她。理由？我不知道理由。就像有的人類生下來就染色體異常，這有什麼理由？她染色體沒有異常，但是卻完全沒有與生俱來的『緣分』。」

「連朋友和仇敵都沒有，怎麼可能發展到愛情和婚姻？」樊石榴苦惱起來，「但她結婚了！」

「妳看她有什麼異常？」高翦梨問著她的同事。

「她，看起來不像是長出了『緣分』這種天賦。」

或許我不是眾生，所以不覺得有什麼奇怪吧？君心想著。不過等他偶然遇到琳茵的時候，又不是那麼確定了。

離開幻影咖啡廳，他散步回家。即使夕陽西下，這都城混雜著汽車的廢氣，人類的貪求，融合著盆地特質的禁錮，讓酷熱徘徊不去。

污濁而焚燒，這樣混雜的氣息，就是都城的呼吸。

但是說不上為什麼，君心發現他會懷念並且喜愛這樣的呼吸。很污穢很放蕩，很吵很熱，但是充滿了橫衝直撞的生命力，所以他喜歡散步回家，一面感受著生存感的喜悅。

他說不定是熱愛著這個魔性都城的。

在等紅綠燈的時候，他看到對街的花店，有抹陌生又熟悉的倩影。是琳茵，那個前幾天誤闖幻影咖啡廳的人類女子。

但是，為什麼隔了這麼遠，他會知道是她？每幾天就會有人類誤闖，但他不記得任何一個……

除了她。

違和感漸漸升了上來，君心瞇細了眼睛，專注地看著琳茵。

她沒有什麼異常，甚至，她很美，但是美麗的人兒他會少見麼？謐麗的殷曼、絕豔的狐影……他也天天看著自己清秀的臉。

不，她很美，但也只是普通人間女子的美。當然啦，她美得有些出塵，像是都市污濁的呼吸都會避開她，讓她潔淨得有些朦朧。

潔淨？對，她潔淨得像是個絕緣體。這裡的眾生都深染著都城放蕩的呼吸，千絲萬縷，因爲這種放蕩的呼吸，人類或眾生移民，有了交集，有了愛憎。

但是這種呼吸染不上她……或者說，迴避著她。

她像是個眞空的存在。一種潔淨的眞空。

買下了一束花，她滿臉幸福地嗅聞花的香氣。她似乎在等人……她等的人很快就出現了，臉上卻有著困惑的淡漠，對她的笑語嫣然沒什麼反應。

她垂下了頭，沮喪地跟在那個男人背後，然後，悄悄抽起一枝芳香的玫瑰……那枝玫瑰迅速枯萎、乾裂，化成粉末消失了。

那種潔淨的眞空狀態，突然也跟著消失，取而代之的是一種芳香和溫柔。她再次喚了男人的名字，那個男人的表情也隨之改變，眼睛發亮，像是陷入戀情中。

目睹這一切的君心呆掉了。

那種芳香他知道，那是玫瑰的生命……但是溫柔，那種有些冷冽、漠然而強大存在感的溫柔……他很熟悉，很知道。

琳茵使用了殷曼的溫柔。她是不是……擁有了殷曼的微塵？

君心的心臟緊縮了。

「昨天下午有人按門鈴。」殷曼有些困惑地說，「昨天忘記跟你說。是你按的嗎？」

「我有鑰匙。」心神不寧的君心愣了一下，「妳開門了嗎？小曼姐。」

她仔細考慮該怎麼回答。「現在的我沒辦法察覺門後面是誰。」她抬頭看著天花板，發現語言眞的是很不精確的溝通方式。「或者說，我不喜歡門後面的聯想，所以我沒開門。」

「小曼姐，」君心有些憂心忡忡，「如果是人類吞了微塵，怎麼辦？」那是人類，不是妖異，他要怎麼拿回來？撕開她的身體？

他還沒殺過人。

殷曼望著他好一會兒。是有這種可能性，但現在的她，卻想不出什麼好辦法。

君心被她逗得笑出來。很天才的解決方式，不過總是有辦法的，不是嗎？

「……催吐？」

「說不定我們可以研究出比較溫柔的催吐，逼人類把微塵吐出來。」他笑著說。

他記住了琳茵，卻沒去跟她要。她有名字，他也暗暗調查了她，總之，她是活生生的，有籍貫有出生記錄的人類。他和殷曼從頭修煉，就算不成功壽命也比她長。

她總有壽終的時候，到時候跟她要就是了。殷曼對於殘殺同族有著強烈的惡感，他也不想讓殷曼生氣。

但是琳茵卻按了他們家的電鈴。

打開門，君心和琳茵一樣錯愕，她滿臉迷惘，「我好像見過你……」

「在幻影咖啡廳。」君心定定望著她，現在他可以更清楚地看到琳茵的潔淨眞空，「有事嗎？妳要找誰呢？」

「我不知道。」她摸了摸戒指，非常侷促不安，「我本來是要找心理醫生，但是不知道爲什麼來了這兒……」

她瞥見了小小的殷曼，突然這世界的一切都消失了。她只看得到殷曼。

「妳……」她想衝進來，卻被君心攔住。

「我想妳不認識她的。」

是呀……琳茵更迷惘了。爲什麼……她好想靠近那個小女孩？

殷曼站了起來，她本能地感受到一些什麼。「君心，讓她進來。」

琳茵走了進來，她的迷惘和渴望都是真實的，但她不懂爲什麼。

「爲什麼妳要找心理醫生呢？」殷曼靜靜地問。

「……我失眠，睡不著。」她不由自主地開口了，「我一直夢見流星雨，還有另外一些惡夢。」

「比方說？」

「……我吃了人。」

第四章 血腥的罪，無辜的衆生

深深吸了一口氣，她看著自己還在冒血的手，她的右手像是猿猴的爪子，竄出很長很長的指爪……這是夢，這一定是惡夢！

有一段時間，空寂的房間一片安靜，沒有人說話，靜靜的。

「妳吃了誰呢？」殷曼打破寂靜，平常得像是談天氣一樣。

「我沒有吃了誰！」琳茵突然勃然大怒，「告訴過妳只是惡夢，我並沒有吃了我姐姐！」

「那妳姐姐還在這個世界上嗎？」殷曼直瞅著她，一點也不放鬆。

在她潔淨得接近無情的目光底下，琳茵突然感到非常恐懼，自慼污穢。

不要用這種眼光看我……我沒做錯任何事情……不要這樣子看著我！

「她失蹤並不是我的錯！」她歇斯底里地喊著，「只是剛好惡夢和現實相通而已！根本是莫名其妙的巧合，不代表什麼……」她尖叫，「我什麼都不知道，什麼都不知道！」

姐姐一定是厭倦了家庭生活，所以才離家出走，一定是這樣的！她只是不忍心看姐夫這麼痛苦，才僞造了離婚同意書，拿給了姐夫。

會嫁給姐夫是姐夫喜歡她，並不是她想奪走姐姐最愛的人。

我沒有錯，我沒有錯！為什麼要用這種審判的眼光看著我？我什麼也沒有做！

「不要再這樣看我了……」她漸漸昏迷，不知道自己喉間滾著野獸般的低吼，「不准這樣看著我！」

她暴起獸化的巨大指爪，想剜出那雙可恨的、潔淨又無情的美麗眼睛。

「疾！」君心強行祭起結界，卻讓琳茵的爪子打個粉碎，雖然滿手是血，她像是一點都感覺不到痛，迅如閃電擊向殷曼——

令她錯愕的，像是打在石牆上。那個小小的女孩，結著手訣，張起的妖術反彈結界，讓她撞得頭破血流。

劇烈的疼痛讓她清醒過來，驚愕地看著自己手上淋漓的鮮血，溼漉漉的液體流入她的眼睛，引起刺痛，迷迷茫茫的，望出去一片豔紅。

君心叱出靈槍，手心冒著汗。幸好她停下來了，差一點點……只差一點點，他就犯了生平第一樁謀殺罪。

直到現在，他還沒殺過人。

「別動！」情形已經很嚴重了，不管用什麼辦法，他一定要讓琳茵吐出那點微塵。

看見槍，琳茵露出強烈的恐懼，她發聲喊，衝到陽台，從十四樓一躍而下。

天！君心顧不得妖化的後遺症，耳朵舒卷出蝙蝠般的寬大翅膀，衝出去想救那個誤吞了粉塵的人類——

但，墜樓的琳茵居然消失在半空中。

他是否將微塵想得太簡單？

劇烈妖化的結果，讓他貧血似的跪坐在地上，眼前一片金星，殷曼扶著他，溫柔順著他的背，用稀薄的道行引導他紊亂的妖氣。

「氣沉丹田。」其實殷曼也不太有把握，她曾經疏理過小君心的氣，但是當時的她，修行已經在眾妖頂端了，「深呼吸，慢著點……慢著點，平靜下來……」

意外的，這點稀薄的氣卻讓洶湧逆轉的妖氣平順下來，君心也漸漸恢復人類的模樣，只是耳朵上流著一點血。

「太亂來了。」殷曼斥責著，覺得有些虛弱，「你還不能好好的掌握妖化時機，就這麼驟然妖化？輕則傷了根本，重則了了性命。怎麼修了這麼久，還是這樣的魯莽？」

君心聽著殷曼的責備，居然紅了眼眶。這是……這是小曼姐的口氣。

直到現在，他才眞正的感受到——他的小曼姐，眞的回來了。

看著他欲淚的眼，殷曼只別開了臉。她完全明白君心在想什麼，她百感交集，幾乎跟著哭出來。

他……他白長了這麼大的個子，內心卻一直長不大……教人怎麼放得下？她死不得，也不能死，死了這孩子怎麼辦？

「不能放她這樣在外面亂跑。」君心振作起來，「我去問問狐影叔叔，有沒有什麼建議。」他溫順地等殷曼在他耳上敷藥，「小曼姐，妳千萬別開門，誰叫門都別理。」

「你去，不用擔心我。」她恢復了平靜，「你應該信賴我的，雖然現在我的能力……但是要打破門將我拖出去的眾生應該還沒有。」

她笑了笑，笑容淡得幾乎看不見。「我是飛頭蠻殷曼呢。」就算什麼都沒有剩下，她堅強的意志和天分並沒有受到損傷。

雖然心酸，但是君心是很爲殷曼感到驕傲的。「我知道，我一直都知道。」

幻影咖啡廳掛上「休息中」的牌子，但是他連看都不看，就自行開了鎖進去。

狐影幽怨地看著他，和吧台兩個來喝霸王茶的花神。到底有沒有人把打烊這回事放在心上？他又不是7-11，爲什麼大家都要他全天候營業？

「我要休息了欸……」嘴裡抱怨著，他還是點火準備煮咖啡。

「小君心。」樊石榴很熱情地招呼他，「跟誰打架去了？兩個耳朵都打破了？」

「呃……」遲疑了一會兒，他決定說實話，「剛剛我勉強妖化，就……」他低頭喝水，不敢看狐影殺人似的眼光。

「你啊～～」見狐影要發起脾氣，向來溺愛君心的高翦梨火速轉移話題。

「欸，狐影，這個案子你到底接不接啊？我和石榴最近忙翻了，實在沒有空，你好歹也幫個忙……」

「我管這家店還不夠忙，還得替妳們做牛做馬？」狐影瞪著這兩個三不五時就來喝霸王茶，欠帳欠到地老天荒的窮花神，「一個婚姻介紹所、一個廣告社，還不夠妳們忙？連徵信社的案子都接是怎樣？」

「沒辦法，誰讓天界撥給我們的經費只有一點點？」翦梨叫了起來，「真的是夠了！就算是賠錢單位，也不要讓我們連房租都繳不起啊！誰想搞廣告社？要不是正業弄到沒飯吃，幹嘛在副業拚命？」

「廣告社好歹也賺了點錢。」石榴發牢騷，「婚姻介紹所真的是賠到姥姥家了……」

「接了徵信社的案子就乖乖去做吧，我哪有空！」狐影發起了脾氣，「妳們啊

～～別惹了麻煩就往我這兒找援手，我也是很忙的啊，拜託……」

「你沒空沒關係，你的客人一定有人可以接的嘛。」翦梨露出懇求的目光。若是狐影可幫忙，這筆佣金收入可是賺翻了。動動嘴皮子，上百萬入袋，最少三年的房租不用愁了。

「誰肯接啊？」狐影搔搔腦袋，「陳翩去梵諦岡留學了，不然找她挺好的……」

三個仙人的目光不約而同轉到君心身上，君心被看得毛骨悚然，有種大禍臨頭的感覺。他又不是來喝茶的……只是他懂規矩，不便插嘴，乖乖排隊等著罷了。

「我、我沒空！」他慌張地搖手。這兩位花神阿姨說到惹禍，真的她們稱第二，沒人敢稱第一，用膝蓋想就知道，絕對不會是什麼好事兒。「我是想來問狐影叔叔，殷曼的微塵若在人類體內，有什麼辦法可以催吐又不傷了人身……」

「微塵？」狐影呆了一下，「你找到了？」

到底是誰找到誰？這還眞難說得清楚。「嗯。狐影叔叔，你還記得那位誤闖的人類嗎？那個叫作琳茵的女孩子？」

兩個花神一起嗆咳起來，「啥？朱琳茵？」她們愕然相視，「我們接的案子，是朱琳茵的爺爺委託的。」

人類的血緣非常複雜。不過，因爲人類的基因實在太強勢，所以神魔等眾生的基因幾乎都乖乖臣服在強大的人類基因之下，靜靜沉眠。

當然也有些跟妖族通婚過的家族，會繼承一點點異能，保守著祕密，一代代的傳下來。

朱家就是如此。自從某一代的女兒被山魈擄走又逃回以後，這個私生子成了朱家的繼承人，就這樣混入了一點山魈的血緣。

這個聰明智慧的朱家家長有些未卜先知的異能，子孫也多少繼承了一點。雖然隨著無盡的歲月過去，這種異能漸漸稀薄、隱匿，但是與妖族通婚過的事實，也成了代代相傳的傳奇。

而這任的朱家家長，還保留了一點點的異能。他寶愛的大孫女意外失蹤，而二孫女卻和孫婿結了婚，他模模糊糊地感受到一些什麼，他甚至可以聽到大孫女在他的夢裡不斷哭泣，但他卻愛莫能助。

難道是山魈的血緣復甦在二孫女身上？他看不出來，但是分外的不安。這種事情不是沒有發生過……

朱家來台近百年，就發生過這種慘劇，差點因此斷絕了所有血緣。

但是這種事情不能夠託付給普通的徵信社，怎麼辦呢？或許是妖族的血緣所致，他意外得到了「幻影婚姻介紹所」的傳單，知道這裡主事的並非凡人。

錢，不是重點。他朱家顯貴十代以上，這點小錢不放在眼底，能夠避免未來的大禍，傾家蕩產都是值得的。

所以，他委託了樊石榴和高翦梨。

「我想不是山魈的關係吧？」狐影深思了一下，「這看起來像是殷曼微塵所致……」

「不一定喔。」翦梨抱持著不同的看法，「你知道所謂的山魈是什麼？這種妖獸在民間可是很有名呢，被稱爲『魔神仔』，力大無窮，神出鬼沒。或許是濃郁的血緣剛好得到了微塵，所以得到了某種能力。」

「把氣吸乾，徹底木乃伊化然後粉碎？」石榴偏頭想了想，「這是有可能的。」

三個仙人沉默了下來，覺得情形不是普通的嚴重。

單純的返祖山魈很好處理，讓她恢復成人類的身分也不是不可能；但是牽涉到千年大妖的魂魄微塵，就不是簡單的事情了。

「我想想有誰可以處理……」狐影嘆口氣，偏頭想著倒楣的眾生友人。這已經超過君心的能力了……他得好好想想人選。

「我去。」君心開口了，表情非常堅毅。

「這個你處理不了……」石榴很苦惱，「不然我們去處理好了。」

「不，我去。」他的語氣不容質疑，「事關小曼姐的微塵，那就是我的責任。」

他可以的……他知道自己的能力完全可以。他還有最後一張王牌，他早晚得學會怎樣控制妖化。

以前的他可以，沒有理由現在的他不可以。

狐影又嘆了口氣，不過他沒有反對。

她不知道自己怎麼回家的。

等她清醒過來，已經氣喘吁吁坐在客廳裡頭。姐夫今天要加班，女傭已經下班了，所以沒有人看到她的狼狽樣。

深深吸了一口氣，她看著自己還在冒血的手。這是夢，這一定是惡夢，她可能在沒有睡醒的情形下，在哪兒跌得一身傷……她只需要去看看心理醫生就會好了。

踉踉蹌蹌走入浴室，她洗著滿手的血，也把臉洗乾淨。瞧，一定是惡夢而已，她的額頭和手都沒有傷痕。

只是她覺得餓……非常非常餓。她腳步不穩地走入廚房，女傭回家前已經把飯煮好了，她等不及微波，甚至連筷子都來不及拿，急切地抓起雞腿往嘴裡送，但是她的咽喉像是被鎖住了，沒有嚼爛的雞肉入喉引起激烈的反胃，她又衝回浴室大吐特吐。

瞥見自己的右手，如墜冰窖。她的右手像是猿猴的爪子，竄出很長很長的指爪。

難道惡夢還沒醒嗎？還是她要發瘋了？

沒辦法細想，強烈的飢餓感攫住了她。她要吃、要吃……拔起花瓶裡的花，一枝枝的「吸乾」玫瑰，每一枝玫瑰在她手底枯萎粉碎，烈火似的飢餓感就緩和一點點。

她「吃」掉了屋子裡所有的玫瑰，但她還是餓。

「救救我……救救我……」她涕淚縱橫，「快醒過來啊！我不要做這種惡夢了，救救我！」

這種惡夢是什麼時候開始的呢？

「我沒有羨慕她！我沒有羨慕到想得到她的一切！」她狂喊著，卻沒辦法克制地去撈水族箱裡的魚，讓鮮豔的熱帶魚在她手下乾枯、碎裂。

她知道，她說的是謊言。

她羨慕姐姐，好羨慕好羨慕，羨慕得不知道該怎麼辦才好。

同樣生存在沒有愛的家庭，大她一歲的姐姐既沒有她的美貌，也沒有她的聰明，但是姐姐活得多麼快樂。

不怎麼漂亮也不怎麼聰明，一點大家閨秀的樣子都沒有，從小就跟男生一樣野，穿長褲的時候遠比裙子多。這樣的姐姐長大起來，從來不穿名牌服飾，佐丹奴的T恤和牛仔褲穿一穿，背著行囊全台灣跑透透。

太喜歡旅行的結果就是，她連大學都沒念畢業。爺爺看到她就搖頭，常笑著說，姐姐是朱家的異數，應該是千金小姐，卻活得像小家碧玉。

這樣小家碧玉、不修邊幅的姐姐，卻迷住了優秀的姐夫，同樣出身世家的姐夫，卻愛上這個瀟脫像是男孩子的姐姐。

明明她什麼都不行，什麼都不會，但是所有的人都愛她，一點理由也沒有的愛她。

「這不公平！這一點也不公平！」琳茵哀叫著，她已經「吃」完了水族箱所有的魚，完全不能控制的，徒手去挖流理台的縫隙，她知道後面有活著的東西。

「救我！我不要這樣！救救我！」她又哭又叫，看著手裡不斷掙扎卻開始枯萎的蟑螂，「救命啊——」

「琳茵？」困惑的聲音在玄關響起，隨之光亮起來，「發生什麼事情了……」

驚恐出現在男人的臉上，他瞠目看著四肢著地的「怪物」。怪物有張獰惡的臉，全身長著長毛，不斷嘶吼著，形狀像是一隻很大的狒狒。

他退後，「妖怪！」

那隻怪物撲了上來，「救救我……姐夫……」

男人只覺得一陣天旋地轉，卻不完全是恐懼，他似乎明白了些什麼。「妳、妳也這樣吃掉琳達？」

他心痛了，很痛很痛，比漸漸虛弱乾枯痛很多很多。

他可愛的小妻子，精力充沛，做什麼都興致盎然，帶著他看到更遼闊美麗景物的小妻子……「把琳達還給我！」他無力地抓著怪物的頭髮，「爲什麼我會跟妳結婚？我愛她，我愛著琳達啊！琳達——」

失去理智的琳茵只覺得全身像是被鎖住了，突然動彈不得，在她體內很深很深的地方，發出一聲堅決的叫聲：「住手！」

那是姐姐的聲音。

「妳死了。」她恐懼地拋下瀕死的姐夫，「妳死了啊……我明明吃了妳……」

這個惡夢爲什麼還是醒不過來？

「救命啊——」妖化的琳茵衝破了落地窗，衝進了有無數食物的都城。

背著殷曼，耳上舒卷著寬大蝙蝠翅膀的君心，追尋著琳茵的氣息，然而都城太多眾生，呼吸紊亂，一時之間，他什麼也感應不到。

像是一陣狂風，他繞著混亂的都城，極力想找出那個危險又無辜的人類。

但是有一聲尖叫，一聲哭泣，引起他的注意。流著血淚的女子飄蕩於空，肢體不全的她哭泣地指著底下的大樓。

是鬼魂，還是冤死的鬼魂，但是她這樣竭力地哭泣，這樣的焦心。他們隨著她飛進那棟大樓，破碎的落地窗裡頭，有個即將死亡的人類。

雖然已經皺縮枯萎如老人，但君心還是一眼就認出來，那個男人他見過，琳茵努力取悅的，就是這個人。

「取水來。」殷曼跳到地上，「快去取水來，還有米。」

不知道來不來得及，這個人失去了太多的「生氣」。她憑著稀薄的記憶，試著匯集空氣裡所有的生氣。這都城充滿了橫衝直撞的生命力，希望都城可以垂憐這人的無辜。

「他不該死的。」殷曼在男人額上抹著水符，將米放在他口中代替引子，「他還年輕，壽算還沒終了，他不該死的……」

流著血淚的鬼女跪在男子身邊，張口想祈禱，但她已經沒有聲音。

救救他！救救我最愛的人啊！別讓他死了啊……

雖然沒有聲音，卻深深感動了君心。他將自己的妖氣凝聚成一個小點，彈入男人的印堂，成爲第二個引子。

或許是這些眾生的心意也感動了都城，那宛如放蕩天女的魔性都城居然將這城的生命力分給了男人，救了他。

鬼女哀哭著抱著男子，強烈的悲慟形成一個結界，保護著昏迷的愛人。

眞的，沒辦法看下去了。君心猛然一轉頭，抱起殷曼，懷著強烈的憤怒飛入了夜空。

鬼女的哭泣卻尾隨不去，讓他的心，非常非常的痛。

她在哪裡？不能讓她這樣製造更多悲劇，她無辜，但是被吞噬的眾生也很無辜！

循著濃重罪惡的氣味，他們找到了徹底妖獸化的琳茵。她抓著一隻奄奄一息的鼠妖，妖族的氣比人類濃郁多了，一時還吞噬不完，但是痛苦卻因此加長許多。

「我不要死……」鼠妖絕望地向不知是妖是人的來者求救，「我還不想死……」

或許他眞的會犯下謀殺罪。君心叱出靈槍，對準琳茵。「放開他。」

失去理智的琳茵獰笑著，在他眼前咬斷了鼠妖的脖子，君心最後的自制斷了線，靈槍冒出純青的火苗，射進琳茵體內。

好痛。琳茵望著心臟的小孔。眞的好痛。

但是她沒死，爲什麼這樣也不會死？是她瘋了，還是這個世界瘋了？爲什麼這個惡夢就是醒不過來？

她咆哮著，撲倒了君心。她好餓，好餓好餓啊……她要吃，她要吃……這只是惡夢不是嗎？她要吃啊——

殷曼冷靜地用食指點住了琳茵的印堂，琳茵像是失去了動力，居然停滯不動。

「不要恨也不要怨。」殷曼嬌嫩的粉唇吐出咒，「前世也不眞，今生也不假。山魈山魈妳快回頭，莫待饕餮來找尋。」

她將手上的水灑在琳茵臉上，琳茵呆呆地望著殷曼。她想流淚，想回去……回去？回去哪裡呢？

眼前的小女孩好亮好亮……有種渴望漸漸升起，想要回到那光亮的地方，卻動彈不得。

眼花撩亂，回憶宛如落英繽紛。那個夜裡，無盡的流星雨，她望著沒有光害的天空，許下一個願望——

我想要擁有姐姐的人生。

寂寞的，一個人在頂樓花園，喝著伏特加，杯底滿映著流星雨的光亮。

那杯伏特加，眞是好喝到令人流淚，永遠難以忘懷。

為什麼……我得到了姐姐的人生了，我還是不快樂呢？為什麼我比任何時候都不快樂呢？

「我希望……我希望惡夢趕緊醒過來就好。」她緩緩地倒下，「我什麼都不要了……」

她恢復了人類女子的模樣，幾乎停止了呼吸，淚光中，飄浮了一粒豔紅的微塵。被血深染的微塵。

殷曼嚥了下去，強烈的血腥味令她想吐，但是混在裡頭的淚水，卻有種苦澀而淒涼的甜味。

鼠妖和琳茵都保住了一條命。

這應該歸功於狐影高明的醫術，但是他的醫術再怎麼高超，卻無法治癒內心的傷痕。琳茵還是因爲「突發性心臟病」和極度「精神衰竭」住進了療養院。悶悶不樂的鼠妖請假了一個禮拜，狐影好說歹說才讓他答應不去報仇。

「一個禮拜的病假！」化身爲中年男子的鼠妖不滿地大叫，「我會丟了工作你知不知道?!這是什麼年頭啊～～失業率高就算了，循規蹈矩的妖怪還被無良人類咬斷脖子！什麼世道啊～～有沒有天理啊～～」

「命還在就很謝天謝地了。」狐影冷冷地看他，「還是要我跟你收醫療費好讓你少叫一點？」

鼠妖馬上閉上嘴。

沒好氣地瞪了眼鼠妖，他回頭問君心，「殷曼呢？怎麼不一起來休養？她拿到那粒微塵了嗎？」

「……嗯。」君心不知道怎麼回答，「她說她還好，會把血腥淨化的。」

狐影點了點頭，不再去提這件事情。

他了解老友。她會把這些血腥和無辜當作自己的罪業，一點一滴的淨化，不斷獻上眞心的祈禱。這種善良雖然會耗損她的健康，但是卻可以讓她的修道更精進。

只是，她並不是爲了精進吧。

過了一段時間，狐影才知道，那個冤死的鬼女不願投胎轉世，去投靠了管理者。

只祈望可以一生凝視著大難不死的丈夫，但是讓她痛苦也安慰的是，她的丈夫終生未再娶，供著她的神主牌位，對著她說話，像是她還活著一樣。

沒辦法回應，只能看著他痛苦，鬼女甘願承擔這種劇烈的心痛，在管理者的電腦裡日日夜夜祈禱著心愛的人可以早點忘記她，得到眞正的幸福。

但是在她丈夫眼中看來，或許擁抱著永遠不能磨滅的愛，才是眞正的幸福吧。

至於琳茵，她待在療養院很久很久，終於出院了，沒有經過太多猶豫，她當了修女，成了上帝的女兒。

她爲她無所知犯下的罪業，懺悔了一輩子。

最後她病死在戰禍不斷的中東，在那兒奉獻了自己的生命。

想到這些眾生的命運，狐影了解，自己爲什麼喜愛這罪惡無奈卻又無盡美麗的人間。

第五章 最親愛的你

魂魄碎裂由不得她，眾生用她的碎片為惡也由不得她，若要怪誰

……就怪上天不仁。

她能做的，只是一遍遍地為那些無辜者禱告。

回到家，君心發現屋裡沒有光亮。

「小曼姐？」他打開了電燈開關，蜷縮在床角的殷曼瑟縮了一下，像是光亮刺痛了她。

君心覺得很心痛，但也只是默然走進廚房，開始熱狐影交代給他的藥。

這次的微塵比較大，包含了幾年的魂魄和記憶，而且，還染了太多的血腥，和之前初生蝶狀妖異不同。

殷曼雖然什麼都不說，但她陰鬱地窩在家裡，不斷地冥想靜修，一點一滴的清洗血腥和罪孽，還有那些附在血腥上面的痛苦回憶，屬於宿主的回憶。

「吃藥了，小曼姐。」他吹著冒著煙的藥。

殷曼茫然的目光凝聚焦距，對他恍惚地笑了笑，這讓君心更難過。吃過了藥，她搖搖頭拒絕了甜嘴的糖，目光又渙散了。

「小曼姐……我抱抱妳好不好？」

她望著君心好一會兒，才聽懂了他說什麼。「……嗯。」溫順地讓他抱在膝上，將臉埋在他的胸膛。

當她非常痛苦難受的時候，她會暫時退到殘缺小曼的心靈，讓君心抱緊，溫柔又濃郁的妖氣環繞著，她會舒服一點，比較能夠沉睡。

其實這樣君心根本不能好好睡……她不是不歉疚，但是發現她因爲高燒和夢囈轉輾時，君心憔悴地整夜都不能入眠，她寧可讓他抱著，最少兩個人都可以睡一下。

君心依戀她，她知道，事實上，她也依戀著這個異族孩子。如果不是他在身邊，說不定她會放棄這種徒勞無功的拼湊。

她得分辨哪些是宿主的記憶，哪些又是她自己的記憶，她還必須分清楚飛頭蠻殷曼和殘缺孩童小曼之間的分野。

這些都讓她精疲力盡。

這具化人的身體陽氣是多麼稀薄……她有些困擾地審視自己的肉體，困在孱弱的人類身體裡，嬌貴得禁不起任何修煉。

先天不足，後天又失調，別說修仙，連益壽延年都有困難。一時之間，她還不知道可以怎麼辦。

翻揀著得回來的幾年記憶……正是她開始認眞學習人類修道的那幾年，她有些恍然大悟爲什麼琳茵會這樣「吃掉」眾生。那時候她學會了一種叫作「複寫」的法術，可以將對手的妖法或道法轉變成自己的能力，她嫌複寫只能奪取別人的皮相，卻學不到精髓，再說，她對「奪取」這種事情一直很反感，所以後來她沒再用過複寫，琳茵卻因爲山魈的血緣，將複寫發揮到極致。

這算不算她的罪過呢？她睜著眼睛，在君心均勻的呼吸中默想著。

她決定拋棄這種無謂的罪惡感。魂魄碎裂由不得她，眾生用她的碎片爲惡也由不得她，若要怪誰……就怪上天不仁。

她能做的，只是一遍遍地爲那些無辜者禱告，並且希望不要再出現這樣的血腥。

她又熬過了一次煎熬，得回四年的記憶，雖然是無關緊要的幾年。這幾年她隱居在人類的道觀藏書樓，日以繼夜地苦讀。

她還記得在這道觀裡隱居了二十年。這四年剛好是最中間，讓她煩惱的是，這幾年是斷層，沒有之前和之後，她銜接不上來。

失去了銜接，她記得這些年看過的書，但是很難了解。

「妳要不要去找館長看看？」君心聽了她的困擾，提議著，「館長媽媽看了一輩子的書，說不定有什麼頭緒。」

「館長？」她茫然了。她取回的記憶裡頭沒有這個人。

「嗯。」君心考慮了一下。當然，很冒險，但是他們早晚會離開都城，說不定早點離開也好，他們不可能靠狐影叔叔照顧一輩子。

都城，也並不是什麼安全的樂土。

「或許狐影叔叔有什麼辦法隔絕妳的氣。」君心想了想，「我們總是得出發的。」

殷曼是同意他的。「那麼，我們就去吧。」

拜狐影高超的妖術所賜，他們居然可以平安的搭上飛機，到重慶去。

只是，爲了護身符，差點拆了幻影咖啡廳的廚房。

狐影鼻青臉腫地從廚房逃出來，手裡抓著一把宛如白銀打造的銀絲，後面跟著拿著菜刀的上邪。

他完全是冒著生命危險才能夠做出這個隔絕妖氣的護身符。好不容易逃進堅固的辦公室，就聽見上邪在外面憤怒地踹門。

「××××的！三不五時就來拔我的頭髮？你知道我的頭髮是何等尊貴的東西——」

「這段我聽過了，換個台詞吧！」狐影在辦公室裡喊，「你就當作積德嘛！」

「我快被拔成禿頭了，還積個鳥德?!是好漢子就別躲在裡頭，快給我出來！」

上邪驚天動地地踹著門，整個咖啡廳搖搖欲墜，「眞要拔怎麼不拔你自己的？光拔我的做什麼？我的頭髮是何等尊貴的東西——」

「就跟你說過我聽過這一段了！」狐影疲倦地抹抹臉。可以拔自己的他還會去虎嘴拔毛？上邪有聖獸的血統，又蠻修了三千多年，雖然是笨了些，但也讓他修出道行。

活了三千六百年的聖獸後裔！叫他去哪兒找比這更好的素材？況且又在他家的廚房。

只是每次要拔他幾根頭髮都像龍頸揭逆鱗，眞眞九死一生。

唉，等等給上邪的人類老婆打個電話吧，不然他眞的難逃一死……

爲了殷曼和君心，他眞的是煞費苦心啊～～

坐在飛機上，摸著幻化成項鍊的護身符，殷曼不禁噗哧一聲。

「啊？」緊張戒備著的君心不禁一愣。

「我在想，狐影身上不知道有多少傷口。」幻影咖啡廳的主廚脾氣可不是火爆可以形容的。他也真是異想天開，直接去拔上邪的頭髮當護身符的素材。強當然很強，只是要冒著生命危險，和一身的瘀青。

「不用擔心。」她闔上眼睛，「要對狐影的功力有信心。」

他們的確一路平安抵達重慶。

館長在機場等他們。

這些年，她又老了一點點，但還是中年婦女模樣，她挽著規矩的髮髻，充滿感情地看著君心和殷曼。

她一生未嫁，每年都飛來度暑假的君心完全就像她的孩子，失蹤的殷曼，也一直讓她掛念。終生埋首書堆，羞怯的她不太與人來往，反而這兩個不太像人類的孩子和她有緣分。

當君心不再來度暑假，音訊全無時，她就知道出了事情，但是她不知道是這樣嚴重。

「妳認識我嗎？」殷曼忍不住問。

「是的，我認識妳。」館長溫和地笑了笑，「來，跟我來……」她的聲音有些顫抖，「我們都在等你們。」

我們？殷曼腦海冒出疑問，還會有誰她不記得的？

等他們到了幽深的圖書館，她得到了答案。

她的同族，她失蹤近千年的飛頭蠻同族……他穿了一身黑，正坐在圖書館的史料藏書室就著天光閱讀。

「我知道你。」殷曼的聲音輕得像是耳語，「我在藏書閣苦讀的時候，常常想起你們……我知道你，你是和我年紀最近的哥哥，你叫作……你叫作……」

叫作什麼呢？殷曼露出迷惘的表情。她不記得了，她想不起來……她擁有的只是記憶裡頭的回憶。

「連我都忘了自己的名字呢，現在我叫殷塵。我以為，我已經把妳的回憶封了起來。」他憂鬱地放下書，摸了摸她的額頭，「妳找回了自己？」

「……很小的一部分。」她吐出一口長氣，疲倦地偎在殷塵懷中，放鬆了下來，像是終於找到了家，可以休息長久旅途的疲憊。

館長拉了拉君心，苦笑著帶他進了廚房。

「讓他們聊聊……」館長心不在焉地泡著茶，放了太多的茶葉，「他們終於見面了。」

「這並不是第一次。」君心接過太苦的茶。

「那時候的殷曼還什麼都不記得吧？」她想微笑，唇角卻在顫抖，「現在她記得一些什麼了。」

她的淚水，不由自主地滴入苦澀的茶中，引起一個個細碎的漣漪。

等待了一生，當他前來的時候，她是多麼狂喜又羞慚。他依舊和四十年前沒什麼兩樣，俊秀飄逸、神采依舊，而她……

她早已經不是當年的少女了。

她老了，臃腫了。她的眼尾有著許多細紋，已經有人叫她圖書館奶奶了，羞愧的，她遮住了自己的臉。

「為什麼遮住臉？妳會害怕嗎？」殷塵困惑了，「我只是想問問妳，為什麼要等我。」或許他不該來？悄悄的，他退到黑暗中。

「不！不要！請你留下來！」向來溫柔自制的她失聲喊了起來，「是的是的，我在等你……我在等你回來……」

「為什麼？」他訝異了，「妳知道我是妖怪的，我並沒有隱瞞妳。」

她開始蒼老的臉孔，湧起了少女的紅暈。哦，他隨時都會走，該說些什麼，該告訴他理由的……但是千言萬語，她卻一個字也說不出。

忘記了自己的年紀，忘記了自己的矜持，也忘記了她是這都城的管理者。她什麼都忘記了，只記得這個讓她等了一輩子的妖怪。

「我愛你。」

她哭了起來，掩著臉。天啊，她眞是不知羞恥……五十歲了，她已經五十歲了！她居然敢說出這種話……這爲難了自己，也爲難了他。

但是她希望在死去前可以告訴他，在很多很多年之前，當她還是個孩子時，就愛上了那抹橫過天際、寂寞的飛影。

「對不起……對不起……」她哭倒在地，「我並不是希望你回答，我只是希望告訴你……」

「爲什麼要說對不起？」殷塵愣了好一會兒，「妳愛我嗎？妳知道我是異族還愛我？」

她狼狽地點頭，淚水不斷潸然而下。

懷著一種複雜的感情，殷塵蹲了下來。被愛。有人說，愛著他，花了將近一生，苦苦在等待。這眞是傻……卻是令人憐惜的傻啊。

「我不知道我會不會愛妳。」殷塵喃喃著，「因爲我還不認識妳。我可以留下來嗎？」說不定他還有些什麼事情可以做。最少這個女人需要他。

「你願意嗎？」館長慌張了，「可是可是……我已經老了……」

「妳說歲數嗎？」殷塵滿臉風霜的疲憊，「我的歲數遠遠超過妳許多許多倍，歲月對我沒有意義。我能留下來嗎？」

館長不斷地點頭，淚水像是怎麼樣都停不下來。

這就是愛上妖怪的人的宿命嗎？

館長心不在焉地整理著書，在一行行的書架中漫步著。殷塵和殷曼出門散步了，最近他們幾乎都在一起，像是有說不完的話。

或許這樣比較好。殷塵在她身邊時，話一直很少，事實上，她也不知道該跟他說些什麼；也說不定，她根本不奢求交談，只要殷塵坐在圖書館中，靜靜翻著書頁，她就覺得非常幸福了。

但是現在，她的心空空的，覺得非常乏力。

活了大半輩子，直到現在，她才苦澀地吞下嫉妒的毒。這是不對的，她默默地想著，這完全是不對的，她不該這樣想。

若是殷曼找回族人，和殷塵在一起，這對他們來說才是幸福。畢竟他們都在尋找失散的族民，痛苦了這麼長久的時光。

有些憐憫地看著幫她整理書籍的君心。這年輕孩子，是不是也受著相同的煎熬？

但是她不敢問。她不忍心去揭破他的傷痕。

君心倒是開開心心的。他驕傲地拿出磨練得更精進的靈槍給館長看，告訴館長這些年的經歷，甚至有些羞澀地喊她媽媽。

最少她有了自己的孩子，不是嗎？她愛惜地摸了摸君心的頭髮，「那麼以後，你打算怎麼辦呢？」

「陪小曼姐去收集所有靈魂碎片。」他擦拭著靈槍，「就算收集齊全也不完整這我知道，但是小曼姐只要多完整一點點，就可以用學習來彌補缺陷。本來我們來重慶，是想問問看媽媽這兒有沒有什麼道術典籍可以參考，小曼姐的記憶有斷層……」

看著他活活潑潑地說著「我們」，館長想開口又忍住了。

可憐的小君心……不會有「我們」。殷曼會跟她的族人走，不會留下來。

愛上妖怪，就注定要忍受無盡的孤寂。

但是他們待了半個月，就準備告辭了。

「啊？」館長很茫然，「殷曼也走？」

「捨不得小曼姐嗎？」君心笑了起來，「我們要回都城追尋微塵的下落。」

飛頭蠻果然是學者型的妖族，殷曼需要的典籍，殷塵幾乎都知道，他比殷曼還厲害，會使用道家的玉簡。他不但錄下所有他知道的典籍，甚至把飛頭蠻的妖術修煉做了更系統性的整理，轉譯成中文，交給了君心。

「早就想交給你了，但是轉譯需要時間。」殷塵憂鬱地笑了笑，「好好照顧殷曼。」

「不要我照顧他就好了。」經過這半個月的休養，殷曼的氣色變好許多。尋回族民的滿足大大療癒了破碎的魂魄，她並不是唯一的飛頭蠻——這給了她無比的勇氣。

「我會去看妳。」掠了掠殷曼額上的髮，「我們是僅存的親人了。」

君心牽著殷曼，笑容非常燦爛地說了再見。

說再見，一定會再見。

殷塵凝視著君心他們的背影，而館長凝視著他的背影。

「爲什麼……」館長怔怔地問，「爲什麼你不留下她？」

「誰？殷曼嗎？」殷塵有些愴然，「她選擇了那個孩子。不管她有沒有記憶，她已經做了選擇。」仰望著難得的碧洗晴空，「我覺得很輕鬆呢。千百年來……第一次覺得這樣的輕鬆。」

他的追尋有了終點。他終於，可以休息了。

「我以為，你會跟殷曼一起離去。」館長垂下眼睫，「或許你們種族還有生養繁衍的可能。」

「和殷曼？」殷塵失笑了起來，「怎麼可能？她已經有所選擇，而且我也覺得怪怪的……」和親人成婚是件奇怪的事情，殷曼的確是他最後的親人了。

他轉睛，發現館長將臉轉過去，似乎在發抖。

「不舒服嗎？」他想伸手探探，館長卻用力甩開他。

覺得莫名其妙地瞅著這個人類女子，她只轉過來強烈地望他一眼，像是有著放心、羞愧、生氣、竊喜等等複雜的情緒。

「……不要走。」館長小小聲、像是耳語一樣地說。

他活了這麼長久的時光，第一回羞紅了臉。接收到她的心情，他湧起一股陌生又繁複的感情。

他捂著嘴，臉孔泛出霞紅，眼睛不知道要放哪裡。「我娶過幾任人類的妻子。」

怎麼突然講到這個？館長奇怪地看他一眼，發現他羞紅了臉，她不知道為什麼，也跟著紅了臉。

「在過去都是媒妁之言，我盡量照顧她們一輩子，但我永遠不知道她們在想什麼。」眞的要知道，其實不難，但是他總是爲了自己的錯認懊悔不已，並不想多了解他的人類妻子，「……我對人類的情感很陌生。」

然後？館長狐疑地看了他一眼。

他其實可以離開這裡，跟著殷曼走。殷塵想著，離她比較近，也可以照顧她。最初的痛苦和驚慌過去，他可以坦然的面對殷曼，也可以坦然的面對君心。

但是他不想離開這裡。他已經習慣，習慣看著那個愛著他的人類女子沉默地、安靜地緩步在圖書館的走道上，天窗的陽光灑在她的髮上，有些髮絲已經轉白，發出閃爍的銀光。

習慣那個女子轉頭看著他，羞澀又溫柔地微笑。

「我不想走，想一直留在妳這兒。」他沒有辦法控制頰上的紅暈，這說不定是種疾病。

館長微張著嘴，「我老了呢，也活不了好久……」

「再五十年吧。」他有點遺憾，眞的是短了點，「但是人類擁有不滅的魂魄，妳總會轉生，妳若同意……換我去找妳、等妳。」

「我不是美人。」館長低下頭。

「我覺得，人類女子都長得差不多。」殷塵想了想，「可能是我比任何人類都美麗許多。」

館長笑了出來，雖然隨之以淚。

「我知道妳的名字叫作錦瑟。」他有些遲疑地輕扶著館長的手臂，像是怕冒犯了她，「妳聽過眞正的『錦瑟』嗎？附近的山上有很好的梧桐，我做一把來，彈給妳聽。」

她閉上眼睛，點點頭。

其實這個時候，她的心裡已經聽到了天籟。

第六章 幻影徵信社？

「君心，要不要接幻影徵信社？」花神充滿期待地看著君心，她們眼中看到的，是大把的佣金收入。「可享有仙神的保護條款哦。」

君心被看到毛起來，「我我我……我還在修業中。」他實在不太想跟這兩個專業惹麻煩的花神阿姨扯上關係啊～～

當翦梨提議君心負責「幻影徵信社」的時候，君心差點把正在搗的硫磺引爆了。

實在是狐影眼明手快，在冒出青煙時火速使了冰凍術，雖然說君心和藥缽都蒙上了一層白霜，好歹他的店安然無恙。

他已經非常痛恨修理屋頂了。

全身霜白的君心吐出幾顆冰塊，「……什麼？」

「妳們做任何異想天開的提議時，可不可以選擇安全的時段？」狐影快氣瘋了，「還有你呀！一個修道人可以這樣嗎？一點點驚愕就可以引爆能力？真是夠了沒有，九娘是怎麼教你的……」

「關我屁事！」猛灌咖啡校稿的管九娘怒目，「是他太笨怎麼又變成是我的錯？小孩子玩什麼爆裂物？讓君心幫我校稿不就沒事了？」

「他又不是妳的長工！妳叫妳家雷恩校不會？」

「他除了打雷和電人會幹嘛？」九娘發怒了，「君心過來，幫我看一下二校稿！這死女人除了錯字落字，連自己的主角群名字都搞錯……有沒有天理啊？我一本付她五萬以上的稿費，她給我這種亂七八糟的稿子——」

「就跟妳說他不是妳家長工了！」

「有事弟子服其勞，不然老娘花大把時間教他結界教心酸的啊？」

「妳才不想教他！是我威脅利誘妳才……」

「但我也教了他呀！這是不可抹滅的事實。」

這一天，幻影咖啡廳依舊熱鬧非凡，熱鬧到最後，越吵越火大的狐仙和狐妖大打出手，毫無意外地，又炸了屋頂。

「誰再打我殺了誰！」怒氣沖沖的上邪握著菜刀衝出來，「打得都是灰塵，我的麵團摻了灰都發不起來了！統統不准吵了——」

他的怒火引發了妖雷，就地找掩護的熟客難逃一劫，每個「人」都被電得毛髮捲曲，饒是他客氣，不然恐怕幻影咖啡廳已經成了一堆灰燼。

「我的頭髮！」狐影慘叫起來，感雷度最高的他頂了一頭的米粉頭，「我的頭髮～～我才剛剛燙直的啊啊啊啊～～」

心有餘悸的君心從翦梨的背後探頭出來，整個咖啡廳只有他和兩個花神無恙。花神們有避雷訣，很順便地照顧了君心。

但是沒被照顧到的眾生，眞是哀鴻遍野。

「我怎麼解釋頭髮這麼捲?!」工作到脾氣暴躁的九娘仰天常嘯，「無良老闆會以爲我蹺班去燙頭髮～～靠～～～」

「再打我全劈死你們！」上邪怒火熊熊地回到廚房，「他媽的！這個工作環境眞是爛到有剩！」

他剛走回廚房，脆弱的屋頂轟的一聲，又塌了一塊下來。

大半個屋頂都塌了，萬里無雲的晴空蔚藍得像是在嘲笑這群眾生。

灰頭土臉的熟客很自動地去拿了掃把畚箕，掃地的掃地，抹桌子的抹桌子，拖地板的拖地板，還有人把沒破的杯子收一收，默默地去櫃台洗杯子。

哀悼頭髮的狐影，紅著眼眶重煮免錢的咖啡補償熟客，九娘在瓦礫堆裡尋找飛散的二校稿。

蒴梨輕嘆一聲，和石榴相視一眼，很一致地祭起仙法，屋頂立刻竄出鮮嫩的枝枒，茁壯、開花，彌補了破裂的屋頂。

「太陽下山前，要把屋頂修好。」蒴梨無奈地攤攤手，「太陽下山，這個暫時的樹屋頂就會枯萎了。」

狐影臉朝下趴在櫃台上不想起來。

「好啦，君心，你的回答是什麼？」蒴梨托著腮，「要不要接幻影徵信社呢？」

……這還眞是很難回答的問題。

樊石榴和高蒴梨是東方天界婚姻司駐台辦事處的負責花神。婚姻司本來就是小到不能再小的賠錢單位，更何況被流放到這個小小的島嶼。

二十一世紀，不但生育率節節下降，連結婚率都低迷到可怕的地步。

這還不是最可怕的，最可怕的是，離婚率一飛沖天，簡直像是愛情黑死病大流行。

這樂了絕情司，卻讓婚姻司的赤字越來越大。婚姻這樣的大事，全台只有兩個花神在辦理，簡直是慘絕人寰的事情。

人手嚴重短缺還不是最嚴重的，最嚴重的是，她們的經費少到一年只有兩萬塊新台幣，還不斷被催逼業績。

沒人沒錢，連房租都快繳不起……是可以有個鳥業績?!

百般無奈下，花神們開始兼營副業，開了「幻影廣告社」，很神奇的，她們透過仙法加持的廣告社業績不但蒸蒸日上，還意外刺激了「幻影婚姻介紹所」的業績，居然促成了幾對佳偶，勉強繳得起房租水電瓦斯費，只是沒錢裝冷氣罷了。

（如果不是心腸軟，老是做免錢的，別說裝冷氣，要住到什麼豪宅也不是夢。）

但是她們仙法加持過的廣告單，卻常常引來一些眾生血緣濃厚的人類。

會弄到看得出廣告單特別的這些人類，通常是遇到了人類警察或徵信社不能解決的問題。剛開始，蒴梨和石榴會當副業接下來，但是現在她們廣告社的業務越來越多，已經有凌駕本業的趨勢，再搞到徵信那邊去，眞的是心有餘而力不足。

以前天使翩行者轉生的陳翩還在的時候，這些業務幾乎都是轉包給她的，自從她去梵諦岡留學，這些業務往往要很可惜的放棄。

錢耶！這些都是錢耶！（花神小姐們……妳們是不是窮瘋了？）

所以，她們現在充滿期待地看著君心，她們眼中看到的，大概是大把的佣金收入吧。

君心被看到毛起來，「我我我……我還在修業中。」他實在不太想跟這兩個專業惹麻煩的花神阿姨扯上什麼關係。

「不要馬上拒絕嘛。」石榴很熱心地勸誘，「待遇不錯呢，不但享勞健保，讓你入乾股，每年還有百分之十的紅利……而且，你是社長喔！」

「雖然算是幻影集團的子公司，但是我們經營權分得很清楚的，絕對不會干涉你的運作。」翦梨馬上接棒說服，「我們只抽百分之五十的佣金，很公道的！而且你在幻影咖啡廳消費，可以享受八折的優惠喔！」

「幹嘛扯到我這裡？」狐影叫起來，「妳們盜用『幻影』兩個字我都沒告妳們了，為什麼我的咖啡廳還要列入妳們的福利範圍?!」

兩個花神根本沒甩他的抗議，「而且，你在解決案件的時候，很可能會遇到殷曼的微塵，就像這次的事件一樣……」

絞盡腦汁正在想藉口拒絕的君心愣住了。小曼姐的微塵？

花神們看他猶豫，不禁精神為之一振。打中要害了！此刻不上更待何時？「而且，幻影徵信社好歹附屬在婚姻司駐台單位之下，聘雇人員可是享有仙神的保護條款，只要不觸犯天條，無良仙神是不能對你們下手的啊～～」

換狐影愣了一下。沒錯，婚姻司再小再賠錢，也是天界的對人間單位，聘雇人員的確視同仙神，擁有仙神的尊嚴和保護。

他火速回想了一下聘雇人員條款，很意外的發現——很可能只是疏漏——並沒有限制聘雇人員的種族。

（但也沒有說除了仙神以外可以聘雇吧……）

像高翦梨，她原本是絕情司的高手，因為違逆了絕情司的老大被解雇了，原本和她是死對頭的石榴趁隙把她聘雇過來。無職仙神接受聘雇是再自然也不過了，這點權限石榴還算有。

但是聘雇一個人類？

「順便也把殷曼帶過來嘛。」石榴覺得太划算了，「她也適用聘雇條款的保護喔！」

聘雇一個化人失敗的千年大妖？

「呃……這個……」君心求助地看著狐影，他不知道怎麼辦，聽起來很美好，唯一的缺點是——這兩個專業闖禍的花神老闆。

對，這兩個闖禍完全是專門的。狐影沒好氣地瞪著這兩個到處惹麻煩的花神。不知道爲什麼，花靈修煉爲花神以後，每一個對闖禍都超級有天分，他和這群花神爲友真是倒了八百輩子的楣。

但是她們闖禍歸闖禍，卻都是單純沒心機的。滿天自保的仙神，也只有花神諸友敢公開表達反抗天孫的態度。

（所以才會被貶到各個賠錢的單位，一輩子也沒有升遷的機會。）

花神闖禍已經變成常例了，誰也不會意外。狐影心裡動了動，包庇人類和飛頭蠻，也算不上什麼特別的事情吧？

「答應她們吧，君心。」狐影笑了笑，莫測高深的。「我做主。殷曼有什麼話，叫她找我就是了。」

君心瞪大眼睛，「呃……」這樣眞的好嗎？

但是翦梨已經快手快腳地抽出合約書，石榴馬上遞上筆。

簽下名字時，君心有種大難臨頭的感覺。他是不是簽了不該簽的賣身契……？

懷著複雜而淡淡後悔的心情，他把合約書拿回去給殷曼看，以爲殷曼會罵他，沒想到殷曼只是抬頭想了想，笑著簽下了自己的名字。

「狐影也眞是爲我們費盡了苦心。」她淡淡地說，「這種保護雖然是鑽漏洞，天界也未必承認，但是拿出合約書來，還有得折辯呢。」

自從重慶歸來，她埋首玉簡，雖然不見得都吸收了，卻也略窺天界的點點滴滴。簽下這紙合約，擔下關係的，不只是諸花神，因爲狐影也加入了什麼幻影集團。

從來不出門的她，意外的去了幻影咖啡廳。

「狐影，爲什麼爲我做這麼多？」她困惑了，「我知道我們是老友，但是老朋友卻擔下這麼沉重的干係……」

望著殷曼成熟幾分的稚嫩臉孔，狐影不是不感傷的。

「……在我成仙之前，我愛上一個人類女子。」他擦拭著玻璃杯，「一開始，我只是用尋常大夫的身分接近她。」

一個，從胎裡帶來不足的村姑。不怎麼美，也不怎麼有特色，年紀還小的她，已經滿頭銀絲，這是陽氣極度不足，所以連髮色都沒有。

那時的狐影化人修煉已經有了成果，沒幾年就可以飛升了。他到那個貧窮的山村駐診，只是爲了想找個清靜的地方靜待飛升的時機。

一時憐憫，他爲那個少女村姑看病，陽氣衰竭，心脈無力。如果可以修道，說不定可以延年，但是她的經脈脆弱到無法修道。

可憐她孤苦無依，狐影幫她調藥輸氣，她因此好轉一些，可以下床做些簡單的工作。她的回報是，到狐影家打理家務，煮飯洗衣，雖然狐影要她別掛懷。

「我希望能夠付一點藥資。」她蒼白的臉孔泛起一些紅暈，「但是我沒錢。」

「用不著。」

「人都是有原則的。」她很堅持，「這是我的原則，不可以欠人什麼。」

在平凡的外表下，她有顆堅強而充滿希望的心。病痛沒有拿走她魂魄燦爛的光彩，從她的眼睛看出去，這個世界無比美麗。

是從什麼時候開始愛上她的？狐影也說不清。當他驚覺的時候，那個叫作火兒的人類女子，已經在他心頭燃起了熊熊的火苗。

「我不是人，是狐妖。」他決心坦白，「我化人修煉是希望可以成仙。」

「我知道。」她白皙得沒有血色的臉孔湧起燦爛的笑容，「我娘說過，少年白頭的人可以看到另一個世界。我娘是對的，我一直都看得到。」

他愛著火兒，愛到連成仙都忘了。他多少次佈下妖陣抵抗閻君的使者，違逆天命也在所不惜，哪怕是火兒日漸蒼老，皮膚皺縮，他依舊愛她至深，像是將狐妖天生的多情奔放地灌注在一個人身上。

他不曾愛過誰，卻把所有豐沛的愛都給了同樣一個人類女子。火兒……孱弱的火兒，回報他的就是抵死忍耐死亡的侵襲，再怎麼痛苦，衰弱到只剩下一口呼吸也不忍棄他而去。

他用「愛」這樣殘忍的名義，禁錮綑綁了他最愛的人。

「我的老友。」狐影的嗓眼懷著一點哽咽，「是妳陪伴著我，教我什麼是『捨』，若不是妳的陪伴，我可能還讓火兒受著永劫的苦。」

爲了火兒受過的苦，他終生憐惜既慈悲又殘忍的人類。人類殘忍起來勝於妖異，但是最終的慈悲，卻是仙佛也不能及。

「我不說謝，但我會永遠記住，而且在妳需要幫助的時候，一定在妳身邊，支持妳。」他的聲音暗啞了起來。

終生苦修，都已經成仙這麼久了，他心靈最深的地方，卻還懷著火灼似的苦楚。

「所以，你讓狐火……離開你去遠方求學？」殷曼稚嫩的臉龐流露出一絲不忍。

狐影別開了臉。

他的愛，太傷人。而他總是愛上不應該的異族。「……她該有她的人生。」

宛如耳語般，忍受著甜蜜的灼傷。

殷曼呼出一口氣，溫柔地拍著狐影白皙如玉的手，不去看跌落在櫃台上宛如珍珠的淚。

殷曼和君心就這樣成爲「幻影徵信社」的員工。

反正廣告社是自己的，印個兩盒名片很簡單，封個「社長」的偉大頭銜也不花錢，只是殷曼謝絕了副社長的職位，兩個花神只好很遺憾地幫她安上「助理」的職稱。

房租？別開玩笑。殷曼有自己的房子不是嗎？雖然是破爛大樓的十四樓，電梯還會抖，但是創業惟艱，能省就省吧。

所以花神的花費只有每個月的勞健保，還有那兩盒名片。

「……就這樣？」君心瞠目了。

「當然就這樣。」翦梨回答得很理所當然，「廣告是我們出的，案子是我們接的，這些費用我們都自己吸收了，不然呢？」

爲什麼他覺得有點怪怪的？

「就算你們自己接到案子，也得把百分之五十的收入交給我們喔。」翦梨殷殷囑咐。

「啊？」君心瞪著這個無良花神老闆。

「那當然，你們是子公司啊。」翦梨回答得很自然，「維繫一個集團的運作是很花錢的呢。記得啊，不要做義工，這是價目表。」

那張非常「高貴」的價目表差點讓君心的眼珠子掉下來。「這會不會太敲竹槓?!」

「慢慢的，你會發現這個價目表一點都不貴。」石榴憂鬱地看著他，「說不定你還會覺得賠錢。」

「你的結界聽說修得很爛?」翦梨嘆氣。

「不是修得很爛!」趕工趕得焦頭爛額的九娘叫著，「是修到要被死當了!出去別說是我的徒弟，根本是丟我的臉，也丟光了我狐族管家的臉!」

「……你可以把修繕費扣除以後再交回。」翦梨苦著臉。

「這樣還會有什麼可以交回的?」石榴以手撫額，「別又是個賠錢的單位……」

「沒什麼支出，還好啦。」翦梨安慰她。

爲什麼……他越聽越毛?

毛歸毛，遇到案件還是得接的。沒多久，他就領悟到花神老闆的話了。

沒幾次的事件，他們已經被管區和管理員嚴重關切，快要被趕出大樓了。該慶幸十四樓就是頂樓……這樣天花板炸開來的時候，最少沒有樓上的住戶遭殃。

殷曼看著天花板破裂處的燦爛星空，她的確覺得很美……美得讓人欲哭無淚。

「下雨怎麼辦？」

「我會叫人來修理的。」

「那，管理員那邊怎麼辦？」

「……」

門外一片吵雜，管理員口齒不清地嚷著：「這邊啦！警察先生，這邊！一定是這一戶啦，他們一定是賣軍火的，不然就是做炸彈的！騙笑欸，不可能是瓦斯爆炸啦～～哪有可能一個月炸個三四次的？快來啊～～」

急促的敲門聲和電鈴讓他們兩個人沮喪地垂下了肩膀。

「搬家會不會比較好？」殷曼覺得腦門痛了起來。

「我覺得，搬到平房可能好一點兒。」君心無奈的嘆了口長氣。

搬家不是辦法吧？你要學會控制自己的能力啊，君心……殷曼無奈地去開門。

第七章　天之怒

真正會引起天怒的，是媲美神器的道器。這不是天材地寶或千年苦修得來的成果，而是一種頓悟，一種狂熱，一種和靈感一樣捉摸不定又曖昧的瞬間。

轟的一聲，一點意外也沒有的，君心又炸了新家的屋頂。

正在默讀玉簡的殷曼徐徐抬起頭。隨著幾個極小的微塵回歸，她越來越有大妖的氣定神閒，即使滿頭塵土、嘴裡還飛進了不少沙子，她也只是拂了拂臉，將沙子吐出來。

「君心，我們沒有預算請人來修屋頂了。」

被反噬的狐火燒得衣服破爛的君心，狼狽地大咳特咳，揮去一屋子的煙塵，「……我修。」

這個遠離塵囂的廢山村，是遠在梵諦岡留學的陳翩聽說了君心他們的困境，她也有能力難以控制的困擾，感同身受，便很慷慨地將她在台北的居處出借，唯一的條件是要維持屋頂不漏水。

聽起來很簡單，但是君心使用狐火鍛鍊飛劍的時候，就發現這是很困難的事情。這次還算好了，屋頂只塌出一個小洞（一米見方叫作小洞……），有回很乾脆地炸飛了整個屋頂。

整個廢山村的居民早就遷居了。雖然是廢村，但是能把整個村落買下來，也眞的不能小看這個戰鬥天使轉世的高中女生。人類青春期能力特別不穩定，尤其是戰鬥能量充沛的天使轉生少女。

但是她別開蹊徑控制自己能力，還用這種力量收妖除魔，替自己賺下大把產業，眞的不能夠把她當尋常小女生看。

身爲一個不穩定的能力者，她會這樣囑咐，自然有她的道理。

住進來的第一天，君心就懂了。遠離塵囂的安心感讓他更失控，光是鍛煉飛劍就讓他們沒了屋頂，得從廢村第一戶搬到第二戶；第二天，他又炸了第二戶的屋頂。

這次只是讓吞了微塵的客戶來家裡而已。

等他幾乎把全村的屋頂炸壞，他們徵信社的收入幾乎都付給修繕公司了。陳翩介紹的修繕公司很熟門熟路地敲敲打打，見怪不怪了，雖然開出來的價格實在低於市價，但是一整個村落的屋頂加起來也是筆不小的數字。

屋頂都翻修好了以後，修繕公司的老闆很和氣地送了君心一堆建材和必要工具，教他怎麼補強屋頂，怎麼抓漏水。

教他這個做什麼呢？

「如果洞不大，」老闆非常誠懇，「李先生可以自己動手修，省很多。以前陳小姐什麼都會，還來我們公司打過工，別看她個子小小，幹起活來十個大男人都比不上！李先生，你一定可以的！」

這就是所謂的「久病成良醫」？屋頂炸久了自己就會修？

和水泥、柏油混久了，君心終於受不了，跑去問了狐影。

「狐影叔叔，能不能在屋頂加個堅固的咒？我不知道什麼地方搞錯了……」他不想再修屋頂了。

狐影沒好氣地看他一眼，「你不會傻到在屋頂加結界吧？」

「我加了。」他很困惑，「但是屋頂沒壞，卻整個炸飛了。」

狐影望著天花板無語，「……你會被九娘逐出門牆。」他愁容滿面，「你知道嗎？只炸飛了屋頂算你好運，因爲你的結界修得很爛，薄得跟紙一樣，但是火兒的結界卻學得跟銅牆鐵壁沒兩樣。」

然後？

「她不忍心看我一直修屋頂，」那陣子老弟沒事就從他這兒進出，眞是要把他氣炸——屋頂當然也炸了又炸。「就在屋頂加了個銅牆鐵壁般的結界。」狐影很乾扁地說：「所以幻影咖啡廳垮過一次，現在的幻影咖啡廳是我付了三十年貸款重建的。」

妖法與道術很奧妙。這種破壞力往往會尋最薄弱的地方突破，所以脆弱的屋頂首當其衝；但是從另一方面來說，因爲能量有地方可以宣洩——如坍方的屋頂，反而無損結構體。

但是火兒堅固無比的結界保護了屋頂，無從宣洩的能量就從其他較脆弱的地方破壞，比方說……樑柱和牆面，於是幻影咖啡廳因爲屋頂堅固的結界，塌成一堆廢墟。

欲哭無淚的狐影只能去借貸款重建，足足還了三十年。

「你明白我不在幻影咖啡廳加什麼結界的緣故了吧？」狐影拍拍他的頭，「小洞嘛，水泥補一補，防水布鋪一鋪，弄一弄柏油，下雨不會漏水就好了。整個屋子垮了，可又是三十年的貸款啊～～」

……沒想到狐仙還得煩惱人間的貸款，眞是苦了他了。

「有什麼辦法避免炸屋頂？」君心有點絕望。

「把結界修煉好。」

這很難，這眞的很難。君心也很苦惱，他不知道少了哪根筋，結界就是修不好。

小曼姐的結界可謂之堅固又完美，他就是有辦法炸了她的結界又破壞了屋頂。好幾次他得慌張地從瓦礫堆把壓得半死不活的客戶挖出來，端賴狐影傳授的靈丹妙藥才沒出人命；後來殷曼認了，將結界的範圍縮小再縮小，縮小到只將客戶籠罩其中，要密度這麼緊實的結界才可以抵禦君心驚人的破壞力。

「如果不能，還有最後一個辦法。」狐影窸窸窣窣地在櫃台抽屜裡翻了一會兒，君心湧起了微弱的希望。

他將厚厚的一本書扔上來，書名叫作——

《舊有建築物屋頂隔熱改善工程設計參考手冊》

「這對你有幫助的。」狐影嘆了口氣。

「……」

不可諱言，在這樣的「鍛鍊」之下，君心修屋頂的技巧越來越好，簡直到了巧奪天工的地步。他只能當作這是種身體上的修煉，非常認命地在豔陽下鋪著柏油。

某天，他突然想到：為什麼我非在家裡鍛煉飛劍？這裡可是山區啊～～我找處空曠的山頂修煉飛劍不就好了嗎？何必在家裡炸屋頂啊？

一想通這點，他不禁仰天大笑，很高興這是最後一次修屋頂了！

但是他卻沒仔細去想爲什麼種種修行和鍛煉都必須建庵、建觀，妖族一定要有洞府的緣故。

可不是單純怕下雨！

種種修行，萬教歸宗，眾生與人類都沒有兩樣，全屬於逆天而行。逆天而求長生、求術，天界應天理大道循環必有嚴厲考驗，在還不成氣候的時候，是不能夠隨便露天修煉的。

這種事情，殷曼是不放在心上的。飛頭蠻本是天上遭貶的神族，妖氣中有神明的氣息，很微妙的，又和人類修煉到最精深的道氣有相似的地方，所以她的修煉從來不避諱什麼，也不認爲眾生神魔妖靈有什麼不同之處。

（天界考驗？大妖殷曼哪有在怕什麼天界考驗？來考驗她的雷神老大都讓她打回去了，被考驗的是執行天譴的諸神吧……）

過分世界大同的她，解讀典籍是很寬鬆的。而且，現在孩子的古文能力都很差勁，君心勉強只看得懂〈祭妹文〉而已，記載飛劍鍛鍊的簡冊當然不可能是輕鬆自在的白話文。

一個不當一回事，一個對古文又一知半解，所以君心眞的抱著簡冊跑去附近的山頂準備釋放他的破壞力。

他還是很誠心地放了比紙還薄的結界。坦白講，安慰的效果大於實際的效果。用心讀了三次比火星文還難懂的古文，勉強可以看懂，飛劍這種道器的鍛煉需要道者精神面純熟的眞火。

他是沒眞火這玩意兒，不過有玉郎渡給他的狐火。他信心滿滿、卻不太熟練地放出狐火，難纏的狐火讓他費盡力氣才能駕馭，他初萌的破壞力伴隨著越來越強的妖氣，因爲這樣不自覺的使勁，已經隱隱勾起這座小山的地鳴了。

不過，他沒有發覺。

他幾乎是全心全意地內觀著他花了許多力氣搶救的七把飛劍。當然，他也沒有足夠的常識知道，每把飛劍都需要上百年的鍛煉才能成功，短時間內要大功告成是不可能的，更何況是要把變成廢鐵的飛劍重新打造，那比無中生有更加困難。

正因爲他不知道，所以他一無所知地將邪劍拿出來鍛煉。與其修補，還不如重新開始，他模模糊糊地感覺到這點，漸漸可以駕馭的狐火將修復得比較好的邪劍融化，變成一團發燙的光亮。

這裡頭，有一直保護著他的朋友，大難來時，這些飛劍替他擋了大劫，不然不可能只是消散元嬰這麼簡單。就算是斷垣殘壁，他也要像喚回小曼姐那樣，喚回他的飛劍。

不可能什麼都沒有留下來。這些都是他的朋友、他的寶貝，跟了他這麼久，哪怕只剩下一個碎片，他都要讓這些重生回來。

回來吧，我的朋友。你們不僅僅是飛劍而已。

那團發燙的光亮隨著他的記憶和心念，緩緩成形、冷卻，黝黑的劍身宛如長夜，卻像是天鵝絨般泛著光亮。雖然還不能言語，卻隱隱有劍靈的雛形，一閃一閃，環繞著君心，飛入他口中。

無須言語，卻彼此感悟。

他的邪劍，回來了。

像是靈感侵襲，他陷入一種狂熱的狀態。喚回邪劍，他緊接著喚回聖劍，當聖、邪兩劍都回來的時候，天空突然湧起雷霆閃爍，烏雲密佈。

他僅有的一絲神智茫然地想：典籍說的不錯，修煉道器到極致，會引起天怒。但是他馬上返回狂熱迷茫的狀態，停不下來。

他卻沒有仔細閱讀，眞正會引起天怒的，是媲美神器的道器。這不是天材地寶或千年苦修得來的成果，而是一種頓悟，一種狂熱，一種和靈感一樣捉摸不定又曖昧的瞬間。

修道者可能直到修仙成功，漫長的幾千年，才得到那個瞬間，打造出之前和之後永遠打造不出的神兵利器；他一個似妖而非妖，似非人而實爲人的人類，卻因爲極度思念和徹底凝聚心血的專注下，誤打誤撞地觸發了那個開關。

他之前沒有打造過，之後也的確再也打造不出來。他用全部的心血和思念喚回重鍛了聖、邪兩劍，在他感到虛弱而後繼無力時，聖邪兩劍與他心意相通，協助喚回其他較爲稚弱的飛劍。

兩把飛劍喚回一把，三把飛劍合力喚回另一把……君心在這樣的運作中，徹底將狐火的運用方式使用得更加純熟，也讓宛如異物的狐火和勉強充當黏合劑的些微妖雷眞正和自己的內丹融合。

道器協助主人修煉其他道器前所未聞，使用妖氣修煉道器也是從來不曾有的事情。飛劍們甚至大膽地循著殷曼過去開闢的舊道，汲取君心天生豐沛洶湧氣海的氣，使得君心的妖道修煉更上一層樓，同時也打造出盡臻完美的七把飛劍。

大功告成的時候，君心張開眼睛，他不但不覺得疲倦，反而全身像是滾著用不完的精力。

他在短短的一日夜，達到許多眾生夢想也夢想不到的境界，就像是憑空得了好幾百年的道行，就因爲他頓悟了那個瞬間。

等他站起來的時候，發現狐影和花神雙姝都在，殷曼關心地望著他，奇怪的是，玉郎來了，九娘也來了，連幻影咖啡廳那票叔叔伯伯阿姨統統到齊，而且每個人的臉色都是鐵青的。

「你……你這個孽徒！」九娘罵了起來，「看你幹了什麼好事！」

「我？」君心滿臉迷惘，「我只是重新鍛造了七把飛劍啊……」

要不是殷曼也在旁邊，玉郎發誓，他非把君心的頭扭下來不可。

當天怒發動時，整個都城都震動了。

天空變成詭異的紫色，刮起陣陣的狂風，天空滾著閃爍如天傷的閃電，悶悶的雷像是野獸的低吼。

風雲變色，淒厲地吹亂了都城的呼吸，地鳴不斷，若有似無的地震整天不停，所有的生物像是被綳緊了心弦，臣服於天之怒底下。

停電停水，網路失靈，整個城市都聾啞而靜默。世界末日就要來臨了麼？無故曠職曠課像是都市流行病，所有的人都躲在家裡和自己的家人團聚，怕是最後一刻。

狐影驚異地抬頭。他忘記多久沒看過天之怒了……他還是個年輕的狐仙，只活了短短兩千多年，他第一次看到天之怒時還是個孩子，印象實在很模糊了。

他只知道，那時神器出土，天地憤怒，他還記得那詭異的紫色天空，他的父親去觀看神器出土，回來很是遺憾。

神器創作者和神器的準備不足，讓天之怒的雷霆粉碎了。

這是他第二次看到這樣的奇觀。不可思議的是，在這離古已遠、連妖族都不再修煉的理性人間，居然還有人鍛造出可以引發天怒的神器。

他掐指一算，雪白了臉孔。他向來對自己的卜算有信心……天之怒的核心居然就在君心、殷曼的隱居處不遠，更糟糕的是，君心和殷曼似乎在那個颱風眼裡頭！

「不會吧？」他輕呼，「別鬧了……」殷曼不可能，她有沒有記憶都懶於鍛鍊妖器；君心更不可能，他胡亂修煉才多久的光陰……

轟的一聲，這次他的老弟客氣了一點點，只震裂了幾片玻璃。

「怎麼回事？都城發生什麼事情了？青丘之國大地震欸！到底是……」玉郎錯愕地看著天空。

「天之怒？」他不敢相信。他見多識廣（是到處打架吧？），狐影看到天之怒時，他還沒出生，卻在旅行各地時在西方天界看過。「這裡是人間欸！」

「我得去看看。」狐影忍住破口大罵的衝動，他想過，不可能是君心和殷曼弄出來的……但是人類該死的好奇心可能讓他們跑去看。

神器出世，所有的眾生雖然知道能力不足，但都會存著僥倖前去搶奪；加上天之怒的焚火，場面的混亂危險是可想而知的，他不想要神器，但是卻不能看著白癡君心和沒有記憶的殷曼涉險。

他衝去了，幾乎整個都城的眾生都齊聚在這裡。善良的、邪惡的，忘記他們之間的對立，屏息看著這個奇蹟。

在天之怒的雲狀漩渦下，閉著眼睛變換著光芒的，就是那個由妖入道的君心。陪在他身邊、不懼神器的威猛和天之怒的罡風，泰然自若佈著防禦結界的，居然是失去大部分魂魄和記憶的殷曼。

狐影眞的快昏倒了。

「君心！你搞什麼鬼——」怒極攻心，他忘記天之怒的危險和神器霸道的威勢，只想衝過去把那個人類小鬼拖出來痛打一頓。

「冷靜一點啦。」飄然霧狀的少女凝聚成形，管理者的管家得慕滿臉疲憊，「我維持秩序已經很累了，不要增加我的負擔好不好？」

環顧四周，得慕張開了極大的禁制，帶領著管理者的鬼魂大軍鎮邊，眾生只能貪婪地看著，卻沒有敢突破防線搶奪神器。

和整個都城的意志爲敵，實在還沒有任何仙神魔靈想嘗試。

擋得住貪婪的眾生，但是天之怒怎麼辦？神器一旦鍛造成功，九雷齊下……這並不是雷神的平凡雷火，而是高於神族的自然反饋。一個修煉沒幾年、連半妖都說不上的平凡小鬼怎麼頂得住？幾乎失去一切的殷曼，張開這麼薄弱結界又能做什麼？

「讓我進去。」狐影失去了冷靜，「天殺的！我不想要那個什麼神器！我打賭一定有什麼地方搞錯了，那小鬼怎麼可能造得出神器?!為了這個莫名其妙的錯誤送了命不是太扯？拜託，讓我去幫他保住小命……得慕，妳又不是不認識他！他才上國中妳就見過他了，現在他長這麼大，妳忍心看他死掉？拜託妳……」

「那死小鬼是我徒弟！」玉郎擠過來，「我要進去，別逼我用打的打進去！我不打女人的！」

「我是他倒楣的師父……之一。」九娘拎著公事包，匆匆忙忙趕到，「就算我當了他，還是我的孽徒呀！我應付雷災可有經驗了，讓我進去！」

「他是我們的員工！」石榴和翦梨一起叫了起來，「我們的投資怎麼辦？就這樣付諸流水？讓我們保護投資是應該的吧？」

咖啡廳的熟客你看看我、我看看你。怕當然滿怕的，但是一個從小看到大的小孩，眼睜睜看他死也不是辦法。「我們也能幫點小忙的啦。」

得慕爲難地看看他們。論理，她是不該有所偏私的，但是出門的時候，問那個懶斷骨頭的管理者舒祈該怎麼辦，她只回答：「妳覺得該怎麼辦就怎麼辦吧。」

呿！瞧她這事不關己的態度。

她想怎麼辦呢？得慕問著自己。她望了望焦慮的狐影等人，又望了望孤伶伶等待天之怒的君心、殷曼。

管他偏不偏私，她就是想這麼辦。

她讓了讓，讓狐影等人過去，連咖啡廳的熟客都放行了，其他眾生自然鼓譟了起來，她板起溫潤和煦的臉孔，「吵什麼吵？都城是誰的地盤？眼下舒祈讓我做主！是，我狐假虎威，去舒祈那兒告誦我啊！」

狐影一面心焦，一面苦笑。得慕這是像到誰了……近朱者赤，近墨者黑？

一到核心，罡風刮得人站不住，撐著結界的殷曼靜謐地笑笑，「沒事的。」

……你們像是沒事的樣子嗎？兩個人全身都是細密的血珠呀！

他們集合了這麼多妖族和狐仙的力量，照著九娘家傳的結界密法，才勉強撐起龐大而結實的廣大咒陣，紮紮實實地挨了九次天之怒的雷霆。

實在是管家禁制獨步三界，狐影和玉郎道行高深，加上花神以及眾生諸友的大力維護，九死一生之下，才勉強熬過了天之怒，保住了君心的小命。

不知道消耗了幾年道行，所有的諸妖狐仙累得跟狗一樣的時候，清醒過來的君心居然還茫然地問：「你們怎麼都在這裡啊？」

誰把這小鬼拖去牆角痛打一頓？快來人把他拖走啊～～

但是暴跳如雷的狐影等人還不知道，君心偶然的頓悟，卻會引來比天之怒還可怕的危機。

第八章 天上來的傳票

在仙界法庭，君心帶著一種極度驚訝的心情瞪著執法仙官和檢察仙官。他還以為是包青天那種古代大堂呢，結果執法仙官竟戴著銀白閃爍的長假髮，這根本是西洋電影才會出現的法庭吧？

天怒發生後，君心幾個狐族師父車輪著把他痛罵了一頓，若不是殷曼在旁邊，說不定還會血濺五步。

熟客們和花神倒是把七把飛劍借去看了，面面相覷。就一個修道不滿三十年的人類來講，這七把飛劍的確是好的，但怎麼看也是很普通的道器，這種道器引起天怒？怎麼有可能?!

「原來天怒也會出錯？」翦梨大惑不解，「我還以爲自然引發的天怒不會出差錯。」

「馬有失手，人有亂蹄，吃芝麻哪有不掉燒餅的？」石榴不大有把握地回答，「天怒總是有機率搞錯的，哪有百分之百的正確……」只是這機率未免也太倒楣的微小了吧？

這次「烏龍」天怒事件就這樣落幕了，不過心有餘悸的幾個狐族師父特別把時間空出來，活像填鴨子似的拚命把這個不求甚解的笨徒弟教到會。

奢求殷曼好好教他？不管她有沒有記憶，魂魄全不全，那股順其自然的嬌懶從來也沒有改變過，君心讓她教，不知道還會弄出多少天兵事件，他們的心臟很嬌弱，受不了這種嚴酷的考驗啊！

歷經兩次聯考磨練的君心，苦著臉面對更艱辛的考驗。九娘每天都窮罵他的古文跟結界一樣爛。

他又不考古時候的狀元，爲什麼非要古文很厲害呢？面對著古文寫作，君心愁白了好幾根頭髮，在這種焦頭爛額的情形下，惹麻煩第一名的花神老闆又丟了好幾個達到麻煩極致的案子給他……

他終於明白，水深火熱長什麼樣子了。

花神們倒是很開心。自然是有了君心，她們的業績雖然沒什麼成長，但是麻煩的事情推給他就是了，多了不少時間去咖啡廳鬼混避暑。

就是混得太兇了，葛仙找她們找了好些天，好不容易在幻影咖啡廳找到，早已經滿腔怒火了。

「我應該管妳們去死！」和諸花神交好的葛仙破口大罵，「妳們老大爲了妳們這兩個麻煩精差點沒頭路了，妳們還在這裡吃冰淇淋吹冷氣！辦公室也找不到人，手機也不接，電話也不通……」

「就、就忘記繳費了。」石榴訕訕地笑，「葛大哥消消氣……狐影，再來一份漂浮冰咖啡，記我的帳！」

狐影沒好氣地瞥了她們一眼。妳們喝的哪一杯飲料付過錢……記妳的帳？他還是做了杯漂浮冰咖啡。

「現在是吃冰淇淋的時候嗎？」葛仙牢騷滿腹地坐下來吃，「妳們大禍臨頭了！共工參了妳們一本，說妳們無詔雇用了一個危險的邪派人類，還引起天譴！天帝下令詳查，你們家老大——月老已經被刑部叫去好幾天了，還沒回來，妳們還不知死活的吃什麼冰淇淋……」

石榴和翦梨的臉孔都轉爲煞白。

坦白講，她們的老闆月老糊塗又脫線，年紀大了，紅繩亂綁亂牽，造冊造得亂七八糟，在婚姻司這種冷門又賠錢的單位當主管，升遷加薪自然無望；但他總是笑嘻嘻的，人際關係極好，八面玲瓏，花神們當他的部屬惹出多少麻煩，他也笑笑地去處理，活像個慈祥的肯德基爺爺。

舌燦蓮花的肯德基爺爺會被拘去刑部好幾天，這可是很嚴重很嚴重的事情！

「別說我沒提點妳們。」葛仙匆匆地擦嘴，「先想想怎麼答辯，找個好一點的律師吧！」他壓低聲音，「妳們花神諸友也眞是的，天孫的徒弟殺了個花仙，妳們跑去刑部告天孫律徒不嚴？說妳們呆，還眞是呆到有剩！刑部掌印的罔象會啥？那個只會討王母歡心的弄臣什麼都不懂，統統都是他的軍師流英在做主張。」

他抹了抹汗，連聲音都忘記壓低，「流英可是天孫在人間收的第一個弟子！心性跟他那師父像到十足十，妳們去告流英的靠山?!」

「這天界就沒有王法了嗎？」翦梨忘記了懼怕，怒火狂燃，「殺了我的族女、拘了她的花魄爲奴僕凌虐侮辱！這就是天孫高徒幹的好事，若是天界不制裁他們，我自己來！」

「噓噓噓！」葛仙驚出一身汗，「嚷什麼嚷？過去都過去了，案子也結了，怨也夠深了，流英恨妳們恨得要死，這次的案子根本是借題發揮……」他深深頭痛起來，「妳們誰不好找，去找了個人類當聘雇人員？還是個引起天怒的怪怪人類！哎啊，天哪……」

「老葛，那個怪怪人類是我的徒弟。」狐影皮笑肉不笑地說。

葛仙吃了一驚，咽了咽口水，「呃……」

「有什麼不是，我們自己會去領。」他冷冷一笑，「我可也算是婚姻司的一份子。」

石榴看著僵成一片的氣氛，緊張地出來打圓場，「葛老，感謝你來通風報信，這我們曉得了。狐影，你幹什麼……弄出那副要殺人的樣子很應該麼？」

「諸仙神都怕天孫，我可不怕。」他忿忿地將抹布一摔，「狀紙我自己寫！好歹我也有天界律師執照，有什麼事情，衝著我來！」

很有勇氣，眞的很有勇氣……葛仙又抹了抹汗。滿天仙神都畏懼厭惡天孫，只是暗幹在心口難開，就只有這幾個傻裡傻氣的妖仙花神敢這樣公然反抗。

「狐影，你當這麼久的神仙還是學不乖。」葛仙反過頭來勸狐影，「政治，天界生存需要有政治智慧啊！誰不討厭那個傢伙？但是這樣公開的反抗只是以卵擊石，我看你們還是賠個不是，把那個人類解雇了，認個錯，那不挺好？大事化小，小事化無……」

「我是狐仙，不是神仙。」向來笑嘻嘻的狐影難得地恚怒，「我骨子裡是妖怪，妖怪不懂什麼政治不政治！」

沒幾天，傳票眞的寄來了。

「傳票？」石榴拿給狐影看，滿眼迷惘，「我還以爲會五花大綁把我們綁回去。」

「有種他們就試試看。」狐影冷笑，「敢在都城綁人我就佩服他們！他們有人有靠山，我們沒人沒靠山？舒祈就是我們的靠山！」

「靠北啦，靠山咧！」趕來的管理者的管家得慕開罵，「惹了這樣天大的麻煩誰能給你們靠?你又不是不知道，我們已經避嫌避得很辛苦了……」她受不了這些惹麻煩第一名的眾生，也受不了嘴裡說討厭麻煩，行爲卻完全不是那回事的舒祈。

「舒祈不管這件事情?」石榴大驚。

「……會被你們害死。」得慕的臉色很難看，「她要你們帶著君心和殷曼，從她的電腦上天赴開庭。」

花神們張大嘴，狐影嘿嘿地笑了起來。

舒祈嘴裡說不管不管，結果還不是管了?有種就去管理者的家裡擺弄他們暫離了魂魄的肉體!

他寫了文情並茂、合情達禮的答辯狀回寄，又去通知了君心和殷曼。

「什麼?」殷曼大大驚訝，「管理者要讓我們借道?」這不合理。管理者很少干涉天界魔界的事情，這違背了她中立的原則。

他們不了解舒祈，狐影可是住在她的城市很多年。這任的管理者能力最高，這些年的磨練更沒人敢惹，她嘴裡說不想惹麻煩，其實多少麻煩她都擔了下來。

舒祈最恨不公不義，這件事情都齊全了，想不理，她自己會狂怒。

狐影非常有把握的，帶著浩浩蕩蕩一行人去了舒祈亂到沒地方下腳的工作室。

「事情了了，要幫我打掃。」亂髮蓬頭埋首電腦排版的舒祈，連頭都沒抬，淡淡地丟了這一句。

「行。」狐影很慷慨，「君心會幫妳打掃。」

「……我？」什麼？爲什麼是他？

「會打字嗎？」舒祈終於轉過頭，眼睛底下充滿了疲憊。

「會，還滿快的。」狐影打包票，「放心，現在的大學生都受過網路虧妹訓練，打字跟飛一樣勒！」

「我沒受過那種奇怪訓練好不好？」君心叫了起來。

難得的，舒祈笑了起來。「我也不知道爲什麼要幫你們，或許我欠人打掃和打字吧。」她輕嘆一聲，揮了揮手，「去吧。」

眾人只覺得眼前湧起金光，一片白茫茫，還沒搞清楚發生什麼事，他們已經置身於網路飛逝如流星的光亮狂流中。

結界的確不是狐影的專長——雖然也是很厲害了，但是不要忘記，他擅長療癒，安撫狂亂的亂流也是他的專長之一。他氣定神閒地安撫光流，撿回被沖得七葷八素的眾人。

像是乘在無形的小船上，他們用驚人的速度飛渡了網路光流，直抵天界。

在天界管理網路機房的仙官看到又有人劈破防火牆闖進來，緊急調派軍隊嚴加戒備。

該死的舒祈！妳就不能夠規規矩矩的從正常門戶進來？妳是要破壞我幾次防火牆啊～～

等看清楚了是狐影等人，他氣得有點暈。「我記得你們似乎是來開庭應訊的。」

狐影亮了亮傳票，「是呀，這是傳票。」

「你們……你們不知道有南天門這種地方嗎？」仙官怒吼了，「一定要劈壞防火牆才甘心？該死的舒祈～～天殺的第三勢力～～～」

「這兩個是凡人。」他指了指君心和殷曼，「不方便以凡軀進出，而且舒祈領有通道許可證，從她那兒進出天界是被許可的。」

「我知道被許可！」仙官差點暴跳起來，「但不是隨便哪邊打個洞就可以進出！你們是把網路安全性放在哪？拜託你們不要胡亂打洞，明明我有開個固定的門戶讓你們來去的，需要這樣嗎？」

當然，沒人理會網路仙官的鬼叫，這群冷血的眾生，更不關心仙官花了三天三夜才把被破壞得幾乎功能全失的防火牆修好。

仙官不是人幹的，網路仙官更是連鬼都不想幹啊——

殺氣騰騰地到了刑部，他們時間算得很準，剛好是開庭的時候。等他們氣定神閒地進了法庭，幾個神仙行色匆匆地衝進來，看到狐影等人不禁一怔。該死！在天門攔人攔半天攔不到，他們是從哪兒進來的？

若是可以阻擾他們進法庭，那就只能以檢察仙官的起訴爲準了！到時候把他們關個百年千年有什麼困難的？他們到底從哪兒進來？

別當我不知道你們這票天孫黨的鬼心思。從天門進出？方便你們攔下我們胡打歪纏？狐影在心裡冷笑。林北又不是昨天才出生，會天真無邪地看不透你們搞啥鬼？

在這種暗潮洶湧的情形之下，執法仙官開庭了。

每個人嚴肅地宣誓，只有君心帶著一種極度驚訝的心情瞪著執法仙官和檢察仙官。他還以爲是包青天那種古代大堂呢，結果……

這根本是西洋電影才會出現的法庭吧？而且這個古怪的西洋法庭，執法仙官還戴著銀白閃爍的長假髮哩～～

這……他湧起了一種極度奇妙和荒謬的感覺。

這件小小的案件，卻讓法庭爆滿。

戴著銀假髮的執法仙官傻了眼。是最近天界太和平，還是為了什麼他不知道的緣故？這個明顯只是職務缺失的小案子，居然讓天界所有有頭有臉的仙神都到齊了。

以麒麟家長為首的四聖之長相互寒暄，在第一排坐定；和婚姻司水火不容的絕情司老大也面罩寒霜地在最後一排坐下；南極仙翁、福祿壽三星、仙島諸仙熱熱鬧鬧坐了右三排；從各地請假齊聚的十二正花神鐵青著臉，捱著坐滿一排。

天孫那邊的門徒神仙也幾乎都到了，佔據了左邊的前四排，還有王母侍女董雙成等嬌俏仙女也衣帶香風地入席。

執法仙官和檢察仙官互望一眼，假髮下的頭皮一陣陣發麻。眞的是……眞的是壁壘分明，天孫一黨和反天孫一黨勢均力敵地坐在台下，望著他們兩個倒楣鬼。一個辦得不好，他們兩個不知道要黑個幾千年幾萬年才有漂白的希望。

代替天帝監審的太白金星也傻眼了。怎麼？分頭撂人準備幹架？這兩幫人互看不順眼已久，明裡暗裡他不知道費了多少力氣折衝調解，天帝將天孫帝嚳禁錮，才暫時平息了紛爭，現在是……

會同監審的罔象只覺得很熱鬧，但他的軍師流英卻暗暗咬牙切齒。他狠狠地看了檢察仙官一眼，檢察仙官縮了縮脖子。

寧可得罪君子，也千萬不要得罪小人。君子將來還會原諒你，小人可是會記恨記到天涯海角，他這個流英上司正是小人中的小人，他沒那膽子得罪他。

抱歉了，不要恨我呀～～

執法仙官敲了敲槌子，清清嗓門，「開庭。請檢方陳述事實。」

檢察仙官欠了欠身，指了指被告們。「查婚姻司花神高蒴梨、樊石榴身爲婚姻司駐台單位，卻濫用職權，聘雇走入邪道的人類李君心與無職妖族殷曼爲外聘人員，明顯有浪費公帑、藐視天界法律的企圖！月老身爲婚姻司主管卻默許這種事情，是否有利益輸送的嫌疑應當徹底查辦，但是監督不嚴是無庸置疑的。

「庭上，天庭法律不容挑戰，諸被告的所行所爲看似輕微，事實上是非常嚴重的！自從封天絕地後，駐人間單位應該律己更嚴，然而諸被告卻利用人間天人大量減少，無人監督的情形之下，虛報聘雇人員的額度，在預算上面灌水，這根本就是爲了中飽私囊的貪贓枉法，這是可以被容許的嗎？請庭上依貪污、利益輸送、舞弊等罪行重重量刑！」

執法仙官摸了摸下巴，聽起來還滿有理的……「被告或被告律師有什麼要答辯的嗎？」

高翦梨怒氣沖沖地舉手，不等執法仙官說話就站了起來。「我只想說，一年兩萬新台幣的預算增加到兩萬五千塊，連繳電費都不夠，更不要談房租。我猜檢察仙官不食人間煙火已久，大概不知道人間的生活費漲到什麼程度，多那五千塊修漏水都不夠，可以貪個鳥？」

「妳這是人身攻擊！」檢察仙官嚷了起來。

「人身攻擊？」翦梨瞪起眼睛，「我若說『檢察仙官小小軟軟好快好可愛』才算是人身攻擊吧？」

「妳！」檢察仙官漲紅了臉，「妳根本就是胡說！」但是底下的仙神已經笑倒一片了，連天孫黨的仙人都笑出來。

忍笑會內傷的……執法仙官努力咳了兩聲，把笑意壓下去。「別胡說了，當心我以藐視法庭懲處妳！被告律師還有什麼要答辯？」

狐影緩緩站起來，「庭上，我是本案被告律師狐影。」

「抗議。」冷冷的聲音從監審席冒出來，流英舉著手，「庭上，我抗議被告律師的資格問題。本案爲婚姻司幻影集團人事舞弊，幻影咖啡廳亦加盟幻影集團，視爲關係人，關係人自動失去辯護律師資格！」

情報做得挺好的嘛。狐影魅麗的臉孔彎起一彎嬌媚的笑容，「我比較想知道流英仙官用什麼身分抗議，您是監審大員，理該保持緘默中立的立場，抗議我的資格，理當是檢察仙官的事情。」

「我是檢察仙官的上司，現在檢察司由我負責，我也是檢察仙官的一員，雖然不是我的案子，在庭上亦有發言權。」

「哦……」狐影踱了兩步，背手回頭，「請問您何時從刑部軍師，又兼任了檢察司負責人？」

「現在。」流英冷冷回答，「人事調度原本就由我主管。請不要轉移話題，你已經失去辯護資格了。」

台下一陣騷動。哇靠，徇私到這種地步……看他高興一句話就可以變更職務？刑部還真的是軍師當家哩！

「好威風，好神氣喔。」狐影鼓了幾下掌，「順我者昌，逆我者亡？刑部最高主管果然有氣勢，佩服佩服。」

這句話讓神經大條的罔象都紅了臉，又轉鐵青，他低低埋怨：「你調動人事最少也跟我報備一聲。」

流英瞪了他一眼，讓罔象縮了回去，心裡又羞愧又氣憤。

「拖延是沒有用的。」流英淡淡地說，「你已經失去辯護資格，退下吧。」

「流英仙官，您的情報雖然靈通，但是卻沒仔細去了解我用什麼身分加入幻影集團。」他秀出副本，「這是合約副本。我是以法律諮詢暨經營示範顧問加入的，幻影咖啡廳爲經營指導機關加入，我個人則接受了婚姻司的法律諮詢聘雇。換句話說，我是合法的婚姻司法律顧問，請問庭上，我有沒有資格答辯呢？」

傳閱了副本，執法仙官啞口片刻，「請被告律師狐影上前答辯。」

流英氣得差點咬碎牙齒，氣定神閒的狐影冷笑了起來。

當初兩個天眞的花神要聘雇君心時，他就料想到未來必定有需要爭辯折衝的時候。婚姻司不是一群小糊塗就是老糊塗，君心天兵得要命，殷曼記憶和魂魄都嚴重不全，不是老弱，就是婦孺，他這個男子漢不出來費心打算，難道要看他們隨便人欺負？

當年在天界無聊考的證照現在都派上用場了。他好讀書，天界又閒閒沒事幹，幾乎是可以考的證照他都考完了，律師資格和經營輔導不過是多如繁星的證照中微小的兩項。

（由此可證，多讀書沒壞處，多考證照也沒壞處……）

他風度翩翩地上前，先對執法仙官一笑，又對台下旁聽的諸仙神笑了笑。他本質是狐族，平常都克制地將狐媚收得嚴謹，但是當他打起精神，準備施展渾身解數的時候，他翩然的風采，立刻魅惑了全場諸仙神，除了君心和殷曼沒影響，眞的是風靡全場，安靜地瘋狂了所有諸仙的心。

努力收斂心神，流英怒叫：「抗議！使用魔魅法扭轉司法正義，這是擾亂法庭！」

「魔魅法？」狐影困惑地點點下巴，這麼簡單的動作卻讓幾個仙姑癱軟了，「我既未持咒，上庭亦棄武，何來魔魅之說呢？」

你明明有！所有的人都在心裡默默回答，但是狐仙這樣極致馥郁的魅惑，眞像是一股靡麗芳香的風吹拂過肅殺的法庭……

「……抗議無效。」執法仙官輕咳一聲，「天生的魅力不視同魔魅法，被告律師請繼續。」

狐影露出絕麗的笑容。這場官司，贏定了。

第九章 天孫乍現

君心驚醒過來，和一個白髮白眉白鬚，穿著西裝，長相活像史恩康納萊的帥老先生面面相覷。這真違反常識……在東方天界，遇到史恩康納萊。

「我是太白星君。」帥老先生沒好氣地道。

和這樣的狐影交戰，檢察仙官眞是倒了大楣。

看見檢察仙官三言兩語讓狐影殺得大敗，流英霍然站起，「庭上，檢察司要求撤換主事檢察仙官。」

臨陣換將？執法仙官鼻尖冒出冷汗。他努力想了想……有這種先例嗎？

「根據乾號卯字第一九八四〇號案例，當值案檢察仙官身體不適，可臨時更換之。」流英不耐煩了，「這位檢察仙官身體不適了！」

我？我哪有？檢察仙官愣了一會兒，馬上恍然大悟，「是是是！我、我……」

他生了什麼病？「我我我……我肚子痛！我肚子好痛好痛，大概要拉上三天三夜，得請病假！」他馬上奪門而出，開始千幸萬幸額手稱慶。

老天有眼，終於讓他脫離那個倒楣的法庭，阿彌陀佛。

執法仙官幽怨地看著落跑的檢察仙官。他肚子也很痛，能不能也用這招「屎遁術」？

台下諸仙暗暗比了中指。

「檢察司要派哪位檢察官候補？」執法仙官有氣無力地問。辦完這個案子，他考慮要退休了。

「我。」流英很自動地走到台前，煞氣十足地瞪著信心滿滿的狐影。

兩人交視處，像是要引起火花。執法仙官又抹了抹汗，他其實很想叫檢察仙官和被告律師去門外打個你死我活，贏的人就判他勝訴，多麼簡單明瞭。

當然，他不能這樣辦。眞是太可惜了。

「請問被告律師，在你看來，婚姻司沒有絲毫過錯囉？」流英咄咄逼人地詢問，「因爲貪污的金額小就不構成貪污？枉顧天庭律法的聘雇，因爲微罪所以無須懲罰？天界的司法尊嚴可以這樣侮辱嗎？」

「回答流英仙官的問題。」狐影皮笑肉不笑的，「您所謂的貪污就是增加的五千塊預算？」他亮了亮手裡的光碟片，「這是婚姻司駐台單位的帳冊記錄，每一筆支出收入明明白白，甚至我還保有百年來的單據。駐台單位赤字已有百年歷史，申請增加預算也有六七十年，只是預算總是被砍到剩下這丁點，請問各位，這叫貪污？增加一丁點的預算填補百年來的赤字叫作貪污？我們對貪污的定義是這樣？」

「帳冊的眞僞還需要嚴格求證！」流英揚高聲線。

「我領有天界會計師的資格，你懷疑我的專業？」狐影也提高聲音，「小心！你污衊的是我的職業尊嚴！」

「那聘雇引起天譴的邪道人類怎麼說？」流英咆哮起來，「聘雇條例可沒有允許聘雇的準則！」

「也沒有不允許聘雇的準則吧。」狐影笑了笑，「如果你對這條例有疑問，應該聲請大法官解釋，而不是貿然拘捕收押月老，無端興訟吧！刑部的大主管。」

「你這是強詞奪理明知故犯！」

「我倒覺得你打不贏官司開始耍蠻橫滾地哭鬧了呢……」

「兩位兩位！」執法仙官拚命敲槌子，「請安靜！尊重一下法庭吧！關於聘雇法則的問題，列入聲請大法官解釋的行程，待解釋出爐，再行判決婚姻司聘雇有無缺失。」他轉頭吩咐書記仙官，「把這記下來，請大法官解釋條例吧。」

流英恨恨地瞪著狐影，又瞥見君心和殷曼。「庭上，的確要請大法官解釋條例。但是，」他指著殷曼和君心，「這兩人的確是天界機關的聘雇人員，我要求庭上羈押這兩人，嚴格調查引起天譴的原因。聘雇人員若觸犯天條，也應該以天庭法律嚴處之。」

「是天怒，不是天譴。」狐影的目光森冷起來。

「如果是天之怒，那我聲請扣押神器作爲證物。」流英的眼中流露出掩飾不住的貪婪。

原來這才是你真正的目的。狐影恍然大悟，繞這麼大的圈，他根本不關心婚姻司有沒有貪瀆、聘雇是否失當，只是想趁這個機會霸佔君心的神器，或是天之怒的祕密。

「天之怒也是有搞錯的時候。」狐影按捺住想狠狠揍流英一頓的衝動，「他引發的天怒只是巧合。」

「這需要扣押下來嚴格調查。」

「你到底想查什麼？」狐影的怒火越來越高漲。

「天界的名譽不容邪魔外道污染墮落！」

「邪魔外道？我請問你從什麼地方看出來他是邪魔外道？」

「我有第一流的調查團隊。」流英冷冷地瞪著他，「肉眼和心眼都不夠正確。」

「不夠正確是嗎？」狐影點了點下巴，「流英仙官，請問你是男是女？」

為什麼突然話題轉到這兒？他本能地回答：「自然是男的。」

「哦，是嗎？」狐影轉頭喚著，「君心，去把他的衣服剝光。」

啊？君心瞪大眼睛。

「什麼?!」流英仙官大怒了，「你說這什麼污辱神聖法庭的話！」

「不剝光我連靠肉眼和心眼都不足以證明你的性別了。」狐影高聲，「你讓我剝光證明你的誠實，我就讓你扣押無罪的人類！」

流英最後被殺得七零八落。

執法仙官宣判貪污罪嫌不成立，聘雇條例疑義由大法官解釋後決定合法性。

這場官司，是狐影等的大勝利，當然，也讓君心大開眼界，他從來沒想到天庭也有精采的法庭戲。

久未歸天的狐影和眾老友寒暄，君心問了法警，帶著殷曼去洗手間，正在門外等的時候，經過的仙女對他一笑。

他望了望四下無人的空曠，匆促地也笑了笑。

「我叫董雙成。」她柔若無骨地靠在牆上，「事實上，我是使者。」

使者？誰的使者？

「你……想要見見天孫嗎？」

天孫？君心猛然抬頭，怔怔地望著董雙成。

「或者，你會想見……」董雙成靠近他，吐氣如蘭地在他耳邊低語，「他還捨不得鍛造成神器、收在他體內的飛頭蠻。」

君心無法思考。這是陷阱，無疑的。

「據說她還有神識。」董雙成離遠一點，「她自己說過，她的名字……叫作小咪。」

君心像是被雷霆劈中。小咪。

「你要來嗎？」董雙成嬌笑。

「……我要。」

董雙成媚笑了一下，點起蠟燭，搖曳的火光在牆上映出她的影子，她招了招手，君心跟了上去。

穿過了牆上的影子，他們走入無盡的黑暗中，只有董雙成手上的燭火閃爍著微弱的光。

他不該跟來……他懂，他完全懂。這絕對是陷阱，他也非常明白。

但是……小咪，爲了他犧牲生命、由內丹誕生出來的另一個殷曼。小曼姐是他的寶貝，哪怕是一根頭髮、一片指甲，他都寶愛異常；另一個殷曼，那個總是冷冰冰的小咪……

其實也是他心愛的寶貝。

她居然還保有神識，記得自己的名字……這到底是殘酷還是恩典？他無法眼睜睜看著小咪獨自在那惡魔的身邊受苦。

最少最少，他得去看一看，不然內心遺憾哀慟的波濤永遠無法止息。

無盡的黑暗中，除了董雙成手裡微弱的燭火，在遙遠處，有種溫潤的光亮在閃爍。

他們穿過了陰影，到了專門拘禁王孫貴族的「南獄」。

除了失去自由以外，天界的王孫貴族依舊保有錦衣玉食的幸福，依舊有侍兒服侍照顧。但是王孫貴族犯了罪，刑期卻是其他仙神的好幾倍，也就是說，被關在這個錦衣玉食的南獄裡頭，幾千甚至幾萬年，可能到漫長的壽命終了都沒有自由的希望。

進南獄和下人間流放，通常罪神都選擇流放，因此南獄空空盪盪的時候居多。但是天孫自從上回違了封天令無詔下凡，被都城管理者巧計捕獲、解送天庭後，被天帝判了兩萬多年的刑期，這裡幾乎成了天孫永遠的宮院。

然而，他趁天誅日附身人類獵殺無辜眾生，讓他的刑期更永無止盡。

君心迷惑地隔著禁制望著靠著迎枕的天孫，迷惑轉成心酸、憤怒。

「你這不要臉的小偷——」他憤怒地敲打著過不去的透明禁制，「小偷小偷！」

天孫淡淡地笑著，用著和殷曼相同的臉孔。

「偷？」天孫托著腮，「我只是覺得她很美，用了她的臉孔。妳說是嗎？我親愛的小寵物。」

原本長髮垂著臉孔的女子抬起頭，眸子裡滿是茫然。她的臉和之前的天孫一模一樣，但是悽楚恍惚的眼神，卻讓她應該陰柔的容貌顯得楚楚可憐。

臉孔騙不了人……最少騙不了君心。「小咪？」他大叫，「小曼姐，小曼姐～～」

「她不認識你了。」天孫將小咪抱在懷裡，愛憐地摸著她脖子上的寶石項圈，「為了她，多關幾年也值得。」

「放她走。」君心的雙眸通紅，「放她走！」

小咪抬頭看了他一眼，馬上又低下頭。「還記得我嗎？小咪……」君心輕輕地說，「我會救妳的……我一定會救妳的！」

「我想你會連命都拚掉，還設法救她呢……好感人。」天孫露出天真無邪的笑容，「總有一天，你們會重逢的……等你將另一個殷曼的魂魄微塵收集齊全，你們就會重逢。」

天孫眼神迷離了起來，透過宛如琉璃的禁制，撫著君心的臉龐。「我很少收集男人的眼睛，他們的眼睛總是太死、充滿貪婪，不夠美麗，但是你和狐影，是我唯一想要的男人眼睛。」

他好想要，好想要君心的眼睛和魂魄，將他人類的部分摧毀殆盡，他卻用妖氛混合著努力，讓這雙眼睛這樣繁複而美麗，在他眼中，絢爛綺麗宛如最深的極光。

「我會讓你們……」他耳語似地說，「在我的神器裡重逢，永生永世不會分離。」

「你想都別想！」君心失去理智的破壞力要發作了。

「我在禁制裡並不是……」天孫微笑著，旋即臉孔沉了下來，「流英，我沒喚你來。」

流英謹慎地靠近，禁制應該很可靠。他笑著道：「師尊，我是來抓這個打擾你安寧的小子。」

「讓他走。」天孫冷淡地看著他的大徒弟，「我喚他來是要看看他而已。你不知道，這是我要的人嗎？」

他會放君心走的。他知道，這個癡心又愚蠢的人類會奔走許久許久，讓另一個飛頭蠻完整。他什麼都要全部，不要一半而已，他要整個完整、美麗、堅強又妖力高深的飛頭蠻。

然後將君心和殷曼一起投入他的神器中，成全他們愚蠢又令人憐愛的愛情，永不分離。

但是流英好像不把他當一回事。他太想要神器了，不是普通的神器，而是能夠引起天怒，完美的神兵利器。

這個不人不妖的小子打造出來了，他只是運氣好，根本沒辦法讓極致神器發揮，但是我可以。流英想著。我可以讓極致神器發揮到無人可及的玄妙地步。

「我會讓他走的。」流英保證著，「只要他把神器交出來。」

「你違抗我？」天孫的語氣溫柔起來，像是愛嬌的小孩。

「師尊，我不敢。」流英謹慎地退後幾步。

「沒有小咪，我不走！」君心暴起，狂風開始飄揚，狐火妖雷電光閃爍，隱隱如野獸的怒吼。

流英的眼底透露著貪婪和狂喜。君心若是在天界惹禍，他就有機會羈押，管他有什麼靠山、狐影多會舌燦蓮花，他逃不過被羈押的命運。

鬧啊……使用武力啊！只要君心在南獄動武，撼動了禁制一點點，誰也不能阻止他羈押李君心。

「我還沒殘廢。」天孫淡淡地說，憑空彈了彈指。

君心卻覺得氣流像是子彈一樣猛烈撞擊了他的心臟，讓他的心跳幾乎沒了。他的暴走赫然停止，疼痛像是高壓電一樣貫穿全身，讓他猛然反弓，然後倒下。

事實上，天孫對他非常留情。相較於流英被天火焚燒得只剩下一堆灰燼，天孫對君心的確很慈悲。

「你又妄開殺戒。」遲了一步的太白星君沉重地嘆了口氣。

「哦，是他硬要送上門給我殺的。」天孫厭倦地望著星君，「不然呢？天帝幾時要宰了我？」

到底是他瘋了才被天帝關起來，還是關太久導致他發瘋呢？太白星君幾乎是看著天孫長大的，那個好奇心旺盛，熱愛製作器具的可愛小男孩，什麼時候變成人人懼怕厭惡的敗德天神？

他曾經貴爲代理天帝，滿懷野心和抱負，那樣熱誠勤於政事，到底是爲了什麼讓他漸漸殘酷、墮落，瘋狂地凌虐一切？

太白星君蒼老的臉孔出現了迷惘。

天孫望了他一會兒，發出輕笑。「蠢老頭。」他帶著憐愛呼喚著太白星君，「可愛的蠢老頭，帶著那孩子走吧，他還得幫我做事。我期待……他將另一個完整的飛頭蠻，帶來給我。」

陷入愉快的妄想中，他撫著木偶似的不語小咪，眼神恍惚陷入遙遠的夢境。

下雨了嗎？君心驚醒過來，和一個白髮白眉白鬚，穿著西裝，長相活像史恩康納萊的帥老先生面面相覷。

這眞違反常識……在東方天界，遇到史恩康納萊。

「我是太白星君。」帥老先生沒好氣地道，「隨便人拐了就走，你是三歲小孩嗎？」

君心茫然了一會兒。他實在是個不滿三十歲的死小鬼，對於一切都跟剛孵出蛋殼的小雞沒什麼兩樣，他知道太白星君，但是不知道太白星君是怎樣的神仙。

這位年紀比天帝還大、忠心耿耿的老臣，其實是整個天界穩定的力量。他生性穩重溫和，不喜干戈，多少天界的明爭暗鬥都仰賴他折衝調解，明裡暗裡，他救了多少性命，活了多少生靈。

雖然他法力不算頂尖，職位也不算高，但是天界的仙神見了他都恭恭敬敬地喊他一聲「星君」，更是天帝仰賴的國策顧問，對他推心置腹。

（除了喜愛西裝這種奇怪嗜好以外，他真的幾乎是個完美的神仙。）

這個備受尊敬，素有「賽魯仲」之稱的老星君，滿眼複雜地望著君心。

「你……唔，成什麼仙呢？放棄吧。」

這麼沒頭沒腦的吐出這一句是怎樣？「呃……我不適合嗎？」

「這不是適不適合的問題。」星君有點煩躁，「唉，該來的躲不掉。仔細聽我講，你的案子了了，至少眼下是了了，接下來大法官解釋條例，我會盡力讓你過關。在你成仙之前，不要再來天界了！讓狐影代替你還是誰代替你都好，別再來了！」

君心愣愣地望著他，心底有種複雜的情緒和回憶在轉動。火光、撕裂的痛苦，一雙女人的、怨恨的眼睛。

「……長庚，謝謝你。」他不由自主地說出這句，只覺得一陣劇烈的感情湧上來，讓他莫名紅了眼眶。

「噓噓噓噓！」太白星君慌得沒處放手腳，「我不認識你，你不認識我，聽到了沒有？」他心裡激動，差點滴下淚，「凡事忍耐啊，年輕人。有些事情不由你我做主，有些話兒不由你我說，天界是很複雜的，當人類還好得多了。趁現在還沒人看破你，快快返回人間吧。」

他抓著君心疾行，來到了天界巨大的網路機房。

「哦，天哪！」網路仙官絕望地喊，「不要再來了，老星君，你從南天門送他走不好嗎？你又炸了我的防火牆！天啊～～我才剛開始修啊～～」

星君粗魯地要將君心推入網路混亂的光流中，君心抗拒著，「等等、等等！最少請你答應我，多少看顧一下小咪……」

「唷，什麼時候了，你還顧到那半隻飛頭蠻？你早就把命給顧到……」星君勉強把話吞進去，「知道了，我知道了！我去探望天孫的時候會順便看顧她，快去吧！」不由分說地將他踢回人間。

「我的防火牆！我二十四個小時的苦心啊～～」網路仙官還在哀號。

「吵什麼吵？」他沒好氣，「開始修而已，總比你修完全了才炸好多了吧？」

「……」網路仙官跪在主機前面，久久無法動彈。他決定，等那票沒網路安全觀念的傢伙通過以後再修，反正他們一定又會跑來大炸特炸……

「這年頭的網管不是人幹的。」他眼淚汪汪地說。

君心自己跑回來，當然是被狐影結結實實地罵了一頓，但是君心沒有回嘴，只是悽楚又恍惚地沉思了好幾天。

殷曼沒有問他，只是安靜地陪在他身邊。

「……我是愛妳的。」他終於做出結論，「不管是妳的哪個部分。」

正在閱讀玉簡的殷曼訝異了一下，研究似的看了他一會兒。

「我知道。我一直都知道。」然後又繼續埋首玉簡。

君心將臉埋在她背後，緊緊抱著她，殷曼只是很淡很淡地笑了笑，寵溺地拍拍他緊抱著的手，繼續讀著書。

君心喜歡，好喜歡她這種沉默的溫柔。

或許他可以說，他有小曼姐，而小曼姐也有他，不管未來多麼的不可預知，他們都擁有彼此。

但是，小咪呢？她也是另一個殷曼。

她卻眼神木然地帶著奴隸似的寶石項圈，被瘋狂的天孫拘禁在永劫的宮殿裡。若是什麼都不知道還算是慈悲，但是她的確保有神識，還記得自己的名字。

無法不想到她，無法不心痛。

在和殷曼相偎的溫暖中，他終於痛哭失聲。

第十章 蜿蜒的旅程，沒有盡頭

他們在大雨不盡的夜裡來到都城，也在同樣大雨不盡的夜裡，離開了都城。

開啟了，他們另一段充滿追尋的旅程。

雖然有太白星君的大力護航，但是由王母操控的大法官會議卻出現了意外的逆轉。雖然反對天孫的神仙眾多，不過，天帝健康日衰，位高權重的大臣當然「西瓜偎大邊」，幾乎都站到王母天孫那派去，應該公正的大法官會議卻淪爲王母的跳樑小丑。

當接到公文的時候，樊石榴和高翦梨非常沒有形象地使用了各個朝代的國罵。

「她以爲她是誰呀？」石榴簡直要氣炸了，「她不過是天帝的老婆之一，天帝又還沒掛，她就急著垂簾聽政啦？」

「誰不知道是她硬巴上天帝的？」翦梨更是瞪起渾圓的眼睛罵起來了，「不知道用了什麼下三濫的手段迷昏了天帝，才懷了那個孽種，就是嫘祖娘娘太心軟，勸天帝收了她當西宮，她老爹又是前任天帝，一票老臣挺著她……偏又生了天孫！父榮子貴，才讓她抖起來不可一世！恨只恨嫘祖娘娘過世得早，宮裡沒大人了……」

「夠了沒有？妳們安靜點吧！」頭痛的狐影將狀紙揉成一團，扔進滿滿的垃圾桶，「別吵了，讓我好好寫上訴狀如何？妳們在這裡罵罵號，等等被哪個好事的聽了去傳，我又不知道要去哪邊打官司保神了！少惹點麻煩吧……」

被大法官會議駁回，雖說沒有即刻的危險，但是君心和殷曼的行蹤敗露，又沒了護身的聘雇條例……天孫那幫惡棍弟子有王母維護，天不怕地不怕，將來可是大大的危機。

現下也只能再上訴，靠公文旅行拖時間，待天帝的病體稍癒，直接告到他老人家面前裁決。只是這下筆怎麼寫呢？饒是他聰明智慧，還是愁得只能不住地啃筆。

在廚房的上邪充滿氣勢地將麵團往鐵盤一摔，走了出來，無可奈何地瞪著這群小鬼，「我一直覺得，天人都有輕重不一的腦殘，不知道爲什麼，當了神仙，腦子就殘廢了。」

「你……」狐影想發作，但是，這個活了三千六百歲的大妖常常有異想天開、卻非常實用的點子。「你有什麼好辦法？」

「寫什麼狀紙？」上邪鄙夷地看著滿垃圾桶的狀紙紙團，「天界沒有公理正義啦，天律只是擺好看的，說白點，天律是拿來給天帝綁手綁腳用的。這年頭不是靠拳頭大，就是靠靠山大，你們統統加起來大概也打不過王母，天孫更不要講了啦。」

「舒祈管不到這邊吧？」狐影懷疑地看著他。

「誰跟你說舒祈啊，真是腦殘得緊……」上邪邊抱怨邊走進廚房，「你也先去想想，那個死了九成九的飛頭蠻是怎麼活過來的吧？救都救活了，會連句話也沒得說？」

「悲傷夫人？」狐影像是在漆黑長夜中見到皎潔的月光，「夫人！救命啊～～」

他將狀紙一拋，開始誠心誠意的寫起奏章。

拳頭不大的時候，靠山就很重要。

當看守月泉的龍女傳達了古聖神悲傷夫人的口諭，天帝下達了一道諭令——破格容許李君心與殷曼以聘雇人員身分，加入婚姻司。至於聘雇條例，則交回職業公會研究擬定。

這場危機就這樣有驚無險的落幕了。

但是天帝的諭令卻有個但書：李君心與殷曼即刻離開都城，不得有違。

這個但書乍見莫名其妙，狐影愣了愣，立刻明白了天帝的苦心。封天絕地後，都城成了三界交流的國際大都市，舒祈再怎麼神通廣大，也沒有辦法看顧到全部。君心和殷曼，一個是天之怒神器的製作者，一個是稀有的飛頭蠻，假藉諭令來都城的仙神即使不敢明奪，也會用盡心機暗盜。

留在都城雖然有狐影等眾生的眷顧，但他們總有疏神的時候。

「你們去台中吧。」狐影這樣講，「楊瑾在那邊，他會照顧你們的。」

「楊瑾？楊瑾……」殷曼露出追憶的神情。她還沒有化人之後的記憶，但是這個名字，引起她強烈的懷念。

她到底還失去了什麼樣的重要記憶？殷曼稚嫩的臉孔，出現了令人心疼的愴然若失。

君心牽起她的手，對她鼓勵地笑了笑。

要回去……天使公寓所在的城市嗎？飄飄……葉霜……女郎……那個熱熱鬧，充滿爭吵和歡笑的天使公寓。

或許不記得也好。記得的人，只會在心頭縱橫著傷口，眼眶有著不乾的淚。

他們在大雨不盡的夜裡來到都城，也在同樣大雨不盡的夜裡，離開了都城。

開啟了，他們另一段充滿追尋的旅程。

楊瑾看到他們的時候，冷靜自持的他，居然失手掉了聽診器。

「愛鈴！」他沒有想到，從來沒有想到，他還有機會看到他的小小養女，雖然她變得這麼小……小得像是當初狐影剛送到他手上的小女孩。

我不叫這名字。殷曼心裡想著，但是這個人……這個明顯有著西方天界天使氣息的「人」，卻讓她流淚了。

「……對不起。」她的聲音小小的，「我不記得你。」

但是爲什麼，她的淚水無法停止？望著蹲下來看著她的俊秀死亡天使，爲什麼她的眼淚無法停止？她到底還失去了多少重要的記憶？

君心也哭了，壓抑著不去想的痛苦，一起湧了上來，「楊瑾叔叔……我沒看好家，對不起……」他聽狐影說過，楊瑾爲了他們，連天界的天使身分都失去了。

他們兩個像是災星，害慘了多少愛他們的人！

「你在說什麼？」楊瑾抱著痛哭的殷曼，「愛鈴還活著不是嗎？只要還活著，就是無上的恩典，就算廢貶爲人……我也甘願。」

這個冷淡的死亡天使也跟著哭了。漫長的一生，他唯一的女兒。

他爲此感謝上蒼。

〈第四部完〉

〈幻影都城補遺之一〉

一切都是美麗月色的錯誤

一切都要歸究，那晚太美的月色。

他在台北近郊的荒野遊蕩著，即使過度開發，人類能夠觸及的地方卻少得可憐。許多妖仙法力保護的荒野，人類總是一無所覺地認定不曾存在過。

他徜徉在滿月的光下，滿心寧靜。萬物默睡，間或有幾個遊蕩的妖仙天人，也同樣醉在美麗滿月的魔力下。

所以，細微的兒啼才能在俱靜裡被他聽見，早他一步找到的野狗，和他虎視眈眈地對峙。

野狗露出牙齒，狺狺而吠，不願意放棄嘴邊的美食，他沒有動，只是顯露出本相。發出銀光的九尾狐，只是一個凝神，已經將所有的野狗妖魔驚得滿地亂竄，這寧靜的夜因此騷動不已。

望著已經讓野狗扯散的襁褓，一張跟滿月相似的嬰兒面容，映著銀輝，她頰上細細的淚珠，像是米粒珍珠一樣。

一切都是月色太美的緣故。

他發現了她，一個人類丟棄的嬰兒，身上的臍帶還沒脫落，血跡尚未乾涸，只是草率地用件外套包著，沒有任何線索，隨便丟在郊外的嬰兒。

從此就注定這生和他牽扯不盡。

不是沒有試過，將女嬰交給人類的父母撫養，因爲不放心，仍然僞裝成女人過去當保母。若是爲了那張粉嫩的小臉，當女人又有什麼關係？

終究放心不下，還是帶了回來。他到底習慣了這個小女孩的體溫，夜裡相偎而眠，少了她，他睡不好。

不過她回來的時候，多了個人類的名字，叫小英。

小英漸漸長大，漸漸會叫人，她第一個叫的不是爸爸也不是媽媽，而是……狐影。

像是一株小小的花苗，細心澆灌，緩緩舒展嫩綠，抽高長大，漸漸有了花苞，待放。

上幼稚園……小學……國中……高中……他小小的女孩，從幼兒的嬌憨，到少女的清麗，他一直覺得時光太快，來不及留住哪一刻，這蜜樣的年華。

從來沒有隱瞞過自己的身分，小英就這麼自然而然地接受了。她甚至也學了幾招法術，好在那些大臣長老意圖不利的時候，能夠自我防衛，這個什麼也不怕的小女孩，甚至硬要狐影現出本相。

原以為她會害怕，沒想到她卻現出欣喜的目光，欣賞不已地撫摸銀光燦爛的九尾狐，緊緊抱住他，將臉埋在頸毛裡，含含糊糊地說：「我最喜歡狐影。」

呵，我聰慧的小女孩，如花緩緩綻放的小女孩。

她知道不能告訴愚昧的人類，引起他們的恐慌，一直信守著和狐影的約束。

她這樣溫柔又誠摯地愛著自己，這樣日日相依，每一日的甜蜜裡，他卻有種苦澀的恐懼。

因爲，他越來越無法用父親的眼光看著一手帶大的小女孩。

一向以禮自持的千年狐仙，從來不妄動心思。

現在他卻對著自己的養女，有種可恥的愛慕，而且，與日遽升。

這樣是不對的。他吃驚而且自責。我養育她並不只是一時的憐憫，養育她也並不是為了當我的「紫之上」。

他只是……無法將滿月光輝的孩子留下來，只是希望她跟別人一樣，也能享受生存的喜悅。

但是……她小鹿似的敏捷，修長光潤的四肢，花般極綻的笑顏，卻讓他的獨佔欲越來越深，像是一種心魔。

在心魔還沒呑吃他的理智之前，他不能讓任何人傷害小英，包括他自己。

看著成績單，狐影微微笑，「小英，我知道你盡力了。」

她嘆口氣，「是嗎？只是我沒想到數學老師耍賤，只因爲我糾正他的錯誤，居然讓我的數學不及格。」她猶然忿忿不平，向來成績優異的她，視爲奇恥大辱。

「……台灣的教育不太適合妳。」狐影溫和地說，「要不要去美國念書？」

「美國？」小英臉孔一亮，「眞的嗎？我們什麼時候去？」

「只有妳。快的話，下個月可以出發，我已經替妳申請好學校了。」

她的眼睛黯淡下來，「爲什麼狐影不去？」

「因爲我不習慣美國。」他淡淡地說，不讓難過流洩出來，「不過妳還小，剛好去見見世面，多認識些人，假期也不用急著回來，妳想去哪裡旅行，告訴我一聲，我會安排……」

「沒有狐影的地方，我永遠也不會習慣！」總是笑容滿面的小英，激烈地喊出來，「我哪裡也不去，沒有狐影，我哪裡也不去！」

望著她跑進房間的背影，狐影愣住了。雖然已經有了少女的樣子，她……畢竟還是個孩子呀。

長長地嘆了口氣，耐心等她出來。但是這次，活蹦亂跳的小英，卻關在房間裡一整天。

他還是敲了門，打開門，發現她沒開燈，抬起滿面淚痕的臉，發著奇異的瑩白，「……我一直期待自己趕緊長大。」

「妳十七歲了。」狐影坐在她的床頭，輕輕摸摸她的頭髮。

「比起『胡英』這個名字，我更喜歡『狐火』。」她沒頭沒腦地說了這句，又啜泣起來。

「妳永遠是我的狐火。」

她漸漸寧靜下來，擦了擦眼淚。「等我三年。」拉著狐影的袖子哀傷著，「三年後我就長大了……你要等我……不可以先喜歡上別人……」

她咬咬嘴唇，勇敢地說出來：「因爲，不會有別人比我更喜歡你！」

小英……狐影一個字也說不出來，只能輕輕的，像是發誓一樣，吻了吻她的額頭。

送走了遠行的她，她祈求地望著他，像是要把他的身影刻劃在心裡。

我喜歡你。

這句話在他心裡蕩漾著，像是初相逢那夜的美麗月光。

啊，九重之上，天狐之母神，我將把這句話當成願望，而不是誓約。因為我太膽小，不敢接受誓約破裂的那天，我的心將會碎裂成什麼樣子。

但是啊，天狐之母神，請接受妳的子民深沉的懇求，懇求那狐之養女，也得到妳的榮光庇佑，不被這願望限制，真正地尋找到她的幸福。

雖然她選擇了任何人，都將讓我心碎，但是她的幸福，我願用一切來交換，心碎算什麼？

天狐之母神呀……

那夜的美麗月光，一直在他心裡漂蕩，漂蕩……

永遠無法止息。

〈幻影都城補遺之二〉

而樹嵐在上，月影在下

他常常在想，光陰和時間，用什麼形態存在？在每次的呼吸間？在每次眨眼的時候？

禁錮的歲月蜿蜒，消失在沒有盡頭的盡頭。

從什麼時候開始，天帝就將他禁錮起來了？大概是他殺了自己的妻子，又剜出眼睛，天帝將他或軟禁或流放人間，最後乾脆將他禁錮起來。

其實都沒有差別。在他第一次犯下殺孽的時候，他就知道，這個世界已經瘋狂了。點點滴滴的豔紅滴在地上，他最愛的人的眼睛，溫順地躺在他的掌心，只望著他。

時間在流逝，流逝在無盡的寂寞，寂寞得令人發狂。這世界已經瘋狂倒轉，只剩下沒有邊際的豔紅。

你們對我的期望是什麼？當個偉大的天帝嗎？我將實現你們的願望。

他幾乎成爲最偉大的天帝：用鮮血淹沒了天地萬物，遠達三界，差一點點就征服了一切，酣戰中，他感受到充實和甜美，也忘記了所有的苦惱和無盡的時間。

沒有盡頭的時間。

但是天帝，他偉大的父皇卻將他趕下帝位，奪去他的安寧，跟卑賤的魔族和他方天界簽訂了和平條例，庸懦無能地奪走他掙下來的一切，將他軟禁在天宮裡，時時刻刻監視著他。

失去了戰爭，他活著做什麼？百無聊賴下，他用妻子的眼睛做了第一件神器。那是把美麗的瑟，無風自鳴，聲聲如泣如訴，當他彈奏的時候，像是他妻子絕命之刻無助的哭喊。

他笑了。終於找到……可以做的事情了。

他開始收集美麗的眾生眼睛，當然也因此受到更沉重的懲罰。但是，他不在乎。世界已經瘋狂，他偉大的父皇，也怯懦地發瘋了。

這世界，早就已經瘋了，他總要做些什麼吧？不然他會跟著這個世界一起發瘋。

不過，現在他不需要眼睛了。他已經得到這世界上最美麗的眼睛……美麗到他不忍心剜出來，千萬年來，第一次，他可以平靜下來，內心恐怖的狂瀾終於止息。那麼漂亮、乾淨，又帶著濃重悲哀的眼睛。當他凝視著宛如貓眼石、幻麗燦爛的瞳孔時，常覺得自己迷失了。

擁抱著她，看著她的瞳孔裡倒映著甜美的月光，他可以看很久很久，沉浸在無盡的喜悅安寧中，不會厭煩。

雖然她的目光並不望著他，但是這樣好，這樣好。她對他沒有任何要求，也沒有愛戀，他大可以癡迷地望著這雙眼睛，她卻不會轉移逃避。

一個只有一半的、化人失敗的飛頭蠻。

如果只有一半就可以讓他感到安適，得到全部的飛頭蠻，他說不定可以得到快樂。或許比血腥的嫣紅更讓他感到幸福也說不定。

懷抱著只有一半魂魄的飛頭蠻，他凝視她望著的明月。在這個瘋狂的世界，無盡寂寞的時間，他突然找到可以期盼的事情了。

靜靜地望著，而樹嵐在上，月影在下，宮牆外的杏花，安靜地吐露著微酸的芬芳。

作・者・的・話

第四部終於完稿了。不過也是因為一氣呵成的關係，字數還是很危險地遊走在不太足夠的邊緣……（慘笑）

其實這部寫起來很快，但是男女主角卻暫時退居客位，不像第三部那樣宛如舞台劇的凝聚，反而交代了許多眾生（如狐影、上邪、花神等）的過去。

若是有機會的話，我倒是很想將狐影拖出來當主角，但是看看進度表，大約是沒有機會了……（笑）

狐影算是我最鍾愛的固定配角。當初設定幻影咖啡廳的時候，並沒有想太多，若是把觸發點講出來，大概會讓許多讀者大失所望。我是個標準路癡，往往要靠招牌等文字記憶才能正確的定方向，但是台北的街道招牌常常更換，這對我來說是非常困擾的事情。

所以，有家我滿喜歡的咖啡廳，就常在跌跌撞撞的迷路中找不到。我不時愣在錯綜複雜的小巷中，覺得這一定是種魔咒，有時候，它會很親切地跳出來，但是更多的時候，轉了好幾百圈還是找不到。

「這是幻影咖啡廳吧！」有次我氣急敗壞地跟老闆娘講，「名片的地圖根本沒有用啊！」

那個美麗的、有雙狹長鳳眼的老闆娘淡淡地笑了笑，「說不定喔，有緣者一期一會。」

我的心動了一下，之後，「一期一會」的「幻影咖啡廳」就這樣誕生了。

剛開始，我並沒有替狐影設定故事，只是將這個奇特的狐仙擺在幻影咖啡廳當老闆，但是他自做主張收了一個人類嬰孩當養女。

這讓我有點頭痛。

當然，我也就問他了：「為什麼收了她當養女，又將她取名為狐火呢？」

「啊，」他邊擦咖啡杯邊回答，「那當然是因為我曾經愛上另一個叫作火兒的人類女孩……」從他的敘述中，我知道了他的過往。這也是我將過去寫的番外篇當作補遺之一，讓讀者能更了解狐影些。

來咖啡廳的多半是眾生，而這些眾生來久了，自然也成了朋友，這些眾生友人來來往往，也就在我的小說世界裡穿梭架構出一篇篇的故事。

這真是始料未及。

另一個讓我頭疼的是上邪。上邪出現在《有隻帥哥在我家》，他身受重傷逃匿到中年女作家翡翠的後陽台，被翡翠撿去療傷了，一人一妖發生了許多爆笑又心酸的情節，最後兩心相許。這個活了三千六百歲的大妖，安靜地住在三十六歲的女作家家裡，努力在幻影咖啡廳當點心師傅，像個人類般養家活口。

本來他的故事應該在《有隻帥哥在我家》就結束了，但是他卻很不按牌理出牌地在這部故事插花，還越插越大，出了不少異想天開又非常實用的主意。

（事後他還抱怨戲分太少，讓我相當無言。）

不要忘記花神諸友。其實玉里芭樂欉在我的故事裡常常出來串場，我也很喜歡這棵老是問「什麼水果和愛情有關係」，為了芭樂老是被排除在外而忿忿不平的花靈。若要細論族譜，「她」是樊石榴的直系子孫，正因為她可愛的表現，樊石榴才被選入婚姻司。

至於高翦梨，原本是絕情司的業務高手。因為一時慈軟，成就了一對佳偶，被趕出了絕情司，反過來成了樊石榴這個死對頭的好幫手。

原本這部小說不該有她們的出現，但是自作主張的角色很自然而然地走了進來，很自然而然地開始有了自己的生命、自己的故事，就成就了這一本熱鬧到要爆炸的第四部了。

若是讀者看得頭昏腦脹，那是我寫作功力未甄完美，並不是他們的演出不賣力。

最後，我想談談天孫。

這個大反派出場，就讓所有讀者（最少是部落格和ＢＢＳ的讀者）有志一同地成立了「反天孫聯盟」。

但是這並不是我的初衷。並沒有人壞到絕頂，而瘋狂的壞人，往往有可悲的原因，雖然並不因為這樣就值得原諒。

天孫，也有他的緣故而成為今日令人恐懼憎惡的敗德天神。這就是補遺之二誕生的緣故。

我仔細想過，在故事主線寫天孫，可能會過分搶戲。（其實他真的是很亮眼的反派角色。）

那麼，放在每一部的補遺呢？

一次一點點，一次一點點，揭露這個可惡之神的可憐之處？這種新嘗試讓我覺得躍躍欲試。一個瘋狂神明的獨白，唯一聽得到的，是被他擄來的小咪。

或許我就這樣安排了吧。（笑）

這是本十本的大架構小說。其實我常在想，我真的適合這樣開稿嗎？但是擔心歸擔心，我還是寫到第四部了。

寫這部小說，我常有種迷失的感覺。沉浸在這個眾生無盡的世界，我也有很多感觸，長生的眾生，短命的人類，之間響起的，是原住民和移民的共鳴曲。現實與虛妄，往往只有一線之隔。我是由虛寫實還是由實寫虛呢？其實，我也沒有答案。

天界貴族結黨跋扈、弄權營私，法庭激烈的交戰，我是為什麼這麼寫呢？年過半百的館長等到了殷塵，這樣荒誕的愛情故事（？），我又為了什麼寫呢？

若不是心裡有一些話想說，一些感觸想抒發，或許故事的方向就不同了。

此刻，我倒是什麼都不想去想，就讓我靜靜地翱翔在內心那個遼闊的幻影都城吧。

希望你也同我一起翱翔其間。

我的部落格：http：//www.wretch.cc/blog/seba

國家圖書館出版品預行編目資料

千年微塵／蝴蝶著 .-- 二版 .-- 臺北市：春光出版：
家庭傳媒城邦分公司發行, 2006（民95）
面；公分

ISBN 978-986-7848-74-1（平裝）

857.7　　95023998

千年微塵

作　　者／蝴蝶
企劃選書人／楊秀眞
責 任 編 輯／李曉芳
行 銷 企 劃／周丹蘋
業 務 企 劃／虞子嫺
行銷業務經理／李振東
總　編　輯／楊秀眞
發　行　人／何飛鵬
法 律 顧 問／台英國際商務法律事務所　羅明通律師
出　　版／春光出版
台北市 104 中山區民生東路二段 141 號 8 樓
電話：(02) 2500-7008　傳眞：(02) 2502-7676
部落格：http://stareast.pixnet.net/blog
E-mail：stareast_service@cite.com.tw
發　　行／英屬蓋曼群島商家庭傳媒股份有限公司城邦分公司
台北市中山區民生東路二段 141 號 11 樓
書虫客服服務專線：(02) 2500-7718 / (02) 2500-7719
24 小時傳眞服務：(02) 2500-1990 / (02) 2500-1991
讀者服務信箱E-mail: service@readingclub.com.tw
服務時間：週一至週五上午9:30～12:00，下午13:30～17:00
劃撥帳號：19863813　戶名：書虫股份有限公司
城邦讀書花園網址：www.cite.com.tw
香港發行所／城邦（香港）出版集團有限公司
香港灣仔駱克道 193 號東超商業中心 1 樓
電話：(852) 2508-6231　傳眞：(852) 2578-9337
E-mail : hkcite@biznetvigator.com
馬新發行所／城邦（馬新）出版集團【Cite(M)Sdn. Bhd.】
41, Jalan Radin Anum, Bandar Baru Sri Petaling,
57000 Kuala Lumpur, Malaysia.
電話：(603) 9057-8822　傳眞：(603) 9057-6622
E-mail : cite@cite.com.my
封 面 設 計／黃聖文
印　　刷／高典印刷有限公司
■ 2007 年（民 96）1 月 2 日初版　Printed in Taiwan
■ 2016 年（民 105）3 月 16 日3版11.5刷
售價／220元

城邦讀書花園
www.cite.com.tw

ISBN　978-986-7848-74-1

廣	告	回	
北區郵政管理登記			
台北廣字第000791			
郵資已付，免貼郵			

104 台北市民生東路二段 141 號 11 樓

英屬蓋曼群島商家庭傳媒股份有限公司

城邦分公司

請沿虛線對折，謝謝！

遇見春光 · 生命從此神采飛揚

春光出版

書號： OF0006Y	書名： 千年微塵

請於此處用膠水黏貼

讀者回函卡

謝謝您購買我們出版的書籍！請費心填寫此回函卡，我們將不定期寄上城邦集團最新的出版訊息。

姓名：______________________________

性別：☐男　☐女

生日：西元__________年__________月__________日

地址：____

聯絡電話：____________________ 傳真：____________________

E-mail：____

職業：☐1.學生 ☐2.軍公教 ☐3.服務 ☐4.金融 ☐5.製造 ☐6.資訊
☐7.傳播 ☐8.自由業 ☐9.農漁牧 ☐10.家管 ☐11.退休
☐12.其他 ______________________________

您從何種方式得知本書消息？

☐1.書店 ☐2.網路 ☐3.報紙 ☐4.雜誌 ☐5.廣播 ☐6.電視
☐7.親友推薦 ☐8.其他 ______________________________

您通常以何種方式購書？

☐1.書店 ☐2.網路 ☐3.傳真訂購 ☐4.郵局劃撥 ☐5.其他 __________

您喜歡閱讀哪些類別的書籍？

☐1.財經商業 ☐2.自然科學 ☐3.歷史 ☐4.法律 ☐5.文學
☐6.休閒旅遊 ☐7.小說 ☐8.人物傳記 ☐9.生活、勵志
☐10.其他 ______________________________

請於此處用膠水黏貼